Mano Juan

MARCOS REY

Mano Juan

APRESENTAÇÃO
IGNÁCIO DE LOYOLA BRANDÃO

São Paulo
2005

© Palma B. Donato, 2004

Diretor Editorial
JEFFERSON L. ALVES

Gerente de Produção
FLÁVIO SAMUEL

Assistente Editorial
ANA CRISTINA TEIXEIRA

Revisão
CLÁUDIA ELIANA AGUENA

Projeto de Capa
VICTOR BURTON

Editoração Eletrônica
ANTONIO SILVIO LOPES

Dados Internacionais de Catalogação na Publicação (CIP)
(Câmara Brasileira do Livro, SP, Brasil)

Rey, Marcos, 1925-1999.
    Mano Juan / Marcos Rey. – São Paulo, Global, 2005.

ISBN 85-260-1035-2

1. Romance brasileiro I. Título.

05-5533   CDD-869.93

Índices para catálogo sistemático:

1. Romances : Literatura brasileira   869.93

Direitos Reservados
**GLOBAL EDITORA E
DISTRIBUIDORA LTDA.**
Rua Pirapitingüi, 111 – Liberdade
CEP 01508-020 – São Paulo – SP
Tel.: (11) 3277-7999 – Fax: (11) 3277-8141
E-mail: global@globaleditora.com.br
www.globaleditora.com.br

Colabore com a produção científica e cultural.
Proibida a reprodução total ou parcial desta obra
sem a autorização do editor.

Nº DE CATÁLOGO: **2641**

Sendo assim, quem pode ser salvo?
São Mateus, 19, versículo 25

Apresentação

Marcos Rey, contista, cronista, autor de minisséries, romancista, foi um dos escritores que mais se aprofundou numa São Paulo desconhecida, remota, enigmática. Poderíamos um dia reunir suas obras sob o título geral *Os Mistérios de São Paulo*, assim como no século XIX houve aquela série famosa *Os Mistérios de Paris*. Na verdade, o que Marcos sabia desta cidade nem eram mistérios, o que ele conhecia era o que estava oculto, subjacente, eram os códigos de uma classe que jamais emerge, jamais mostra o rosto, pessoas que se ocultam nas sombras e nos desvãos.

Marcos Rey por anos e anos, silenciosamente, circulou pela cidade, captou gestos, expressões, maneira de falar, andar, agir, se comportar. Percorreu os labirintos todos, penetrou muquifos, cortiços, favelas, conheceu desesperados e angustiados, bêbados e drogados, sonhadores e falsificadores, alucinados e delirantes, fantasistas e iracundos, furibundos e revoltados, miseráveis e desamparados, marginais e cáftens, prostitutas, professorinhas, porteiros, faxineiros, fracassados.

Uma fauna interminável que nunca vemos, mas cuja existência percebemos, sentimos, porque nos dão calafrios, nos deixam em suspense. Por anos e anos, Marcos Rey usou este material em seus romances, contos, crônicas, conversas, séries de televisão. Poucos dominaram como ele tantas linguagens diferentes e atualizadas.

Ele sabia o valor da palavra e o da imagem, sabia quando o personagem devia se calar, deixando a imagem falar. Ele conhecia a linguagem justa, não errava no tom nem no ritmo. Este *Mano Juan* é a amostra viva da maestria de Marcos Rey – sua maneira de contar fácil e como é difícil narrar com facilidade e simplicidade.

Ele foi um homem desprezado pela crítica, mas lentamente começa a ser reavaliado, revisado, sua obra reciclada. Era um narrador sutil e fino, e a prova está em cada página deste livro que inclusive é permeado pela mais intensa ironia, pelo sarcasmo. Quem nunca leu Marcos Rey, o que acho um defeito, pode começar por este *Mano Juan*. E uma nova janela se abre. É também uma maneira de começar a aprender a escrever. Porque poucos autores foram tão paulistanos, deliciosos, mostraram a cidade tão nua, tão aberta, vulnerável.

Ignácio de Loyola Brandão

Sumário

19 h 10	11
20 h 10	17
20 h 30	21
21 h 10	27
22 h 05	41
22 h 30	47
22 h 50	53
23 h 20	57
23 h 40	63
00 h 15	71
00 h 50	79
1 h 40	89
2 horas	97
2 h 30	105
3 h 10	113
4 h 05	129
Bibliografia	137
Biografia	141

19h10

Como era sexta-feira da Paixão parte da população da cidade batia as asas. São Paulo, parcialmente deserta, transformava-se num amplo parque ideal ao adestramento de motoristas de carta nova. Já na quinta começara o êxodo aéreo e terrestre ao interior e outros Estados, sem um Moisés para ordenar o povo. Na rodoviária, o movimento superava tudo que se vira em matéria de confusão desde o carnaval. Algumas pessoas chegavam a pé ou desciam dos táxis já com as passagens nas mãos enquanto a maioria subia ao segundo pavimento, na ala dos guichês, disputados ombro a ombro, com o mau humor dos imprevidentes. Era uma batalha: de músculos, sons e cheiros. O número de mulheres e crianças, superior ao dos homens, contribuía para intensificar a irritante sonorização do ambiente, apenas dominada pela voz de uma locutora que anunciava a partida dos ônibus numa robotizada emissão vocal. Ouvia-se também, difuso e sem idioma, a transmissão do circuito interno de televisão, cujos monitores, instalados na parte de cima, exibiam velhas reportagens esportivas observadas com indiferença pelos que ocupavam os bancos nas proximidades. O tumulto maior e mais angustiante concentrava-se nas escadas, a de degraus e a rolante, onde acontecia um massacre de proporções razoáveis. Inúmeros balcões e guichês das transportadoras informavam por escrito: "Não há mais passagens", forçando muitos passageiros a alterarem o plano de viagem. Alguns homens questionavam com voz de bronca, deplorando que não aumentassem o suficiente o número de ônibus nos feriados consecutivos. Uma mulher grávida, segurando uma criança em cada mão, parecia ter perdido o marido e chorava, um grupo de cabeludos ameaçava destruir um dos balcões de passagens, um estrangeirão, loiro, tentava fazer-se entender por um atarantado carregador que não lhe entendia a língua e os gestos, e um homem calvo e baixote, com mais malas que as presas podiam suportar, constatava, siderado, diante duma tabela de horários, seu fatal retardamento.

Um ônibus quase vazio, procedente de Bauru, acabara de chegar, e um dos passageiros, ao ver uma radiopatrulha na porta lateral da rodoviária, subiu para o segundo pavimento empurrado pela massa de carne vestida dos viajantes. Ao chegar diante dos guichês, à procura de outra saída, pediu informações a um homúnculo de boné, espécie de anão ornamental de jardim, que diligentemente segurava uma vassoura voadora. Depois, passou por um dos monitores do circuito interno de televisão e viu Muhammad Ali bombardear outro crioulo que lhe pareceu Floyd Patterson. Passou também pela mulher que chorava, pelos raivosos cabeludos, pelo estrangeiro que brincava de Marcel Marceau com o carregador e pelo careca que perdera o ônibus e, demonstrando cansaço, dirigiu-se à escada-rolante.

Era um homem de pouco menos de quarenta anos, moreno de pele acidentada, estatura acima da mediana, tronco inteiriço, monobloco, desenhado a lápis de carpinteiro e longos braços pendulares. Usando barbas compridas, pestanudo, boca rasgada, o corpo delineado por um jaleco creme, muito batalhado e sujo, a calça de cano largo, folgada e sem friso, formava um todo de cartaz de rua, em alto-contraste, vigoroso como o anúncio de um camponês sobre um trator numa plantação de fundo infinito. Seu visual, mesmo naquele tumulto, era muito evidente, e andava como se temesse chamar a atenção e ser reconhecido. Ao chegar no alto da rolante, hesitou aparentando o receio de se apagar ali e rolar os degraus maciamente como um fardo de algodão. Bastou essa momentânea hesitação para se formar atrás do homem do jaleco pequena fila dos que pretendiam descer. Segurou-se com os dez dedos atentos no corrimão e, como se apelasse a seu depósito secreto de energia, pisou o primeiro degrau. Parecia sofrer a vertigem da altura, por isso dirigiu o olhar aos que subiam pela rolante ao lado: gente com o mistério do relance e que só existia para compor o quadro de imprecisas pinceladas do momento. Viu pai, mãe e três filhos pequenos, um agarrado no outro, fazendo certamente sua viagem inaugural pela escada. Um bêbado subia com os olhos arregalados e galhofeiros como se estivesse numa montanha-russa. Uma moça de formas exageradamente arrendondadas e seios do tamanho de melões ganhava, afinal, sua passarela. Um retardatário ameaçava a segurança de todos saltando os degraus inconformado com a morosidade. E todos portavam malas, maletas, sacolas de viagem e valises. Ele era um dos poucos, em toda a estação, que não carregava nada nas mãos.

Ao chegar ao saguão, o homem pestanudo, com aspecto de modelo publicitário de *outdoor*, parou algum tempo diante da banca de jornais para ler os títulos das notícias. Um deles o atraiu particularmente e chegou a fazer menção de retirar dinheiro do bolso para comprar um exemplar, porém se deteve com o braço travado por algum receio. Olhou a praça, fronteira à estação, mas não se decidiu a sair. Resolveu procurar o reservado dos homens, entrou, pagou a taxa e parou ante um dos espelhos vendo homens urinarem ao fundo. Não queria urinar, entrara apenas para observar seu aspecto, lavar as mãos e enxugá-las nos cabelos. Fazia também um teste: se era ou não reconhecido. Mas ninguém estava preocupado com ninguém naquela azáfama que se estendia inclusive ao mictório.

Voltando à banca de jornais, o viajante sem bagagem desta vez comprou um exemplar daquele que lhe chamara a atenção. Foi a um canto, perto dos estandes de livros, e leu a notícia que o interessava, devagar, como se lesse um idioma estranho, e olhando ao redor, para evitar observadores, largou o jornal inteiro numa lixeira da estação. O relógio da rodoviária assinalava dezenove e dezesseis. Parou algum tempo à porta, contemplando a cidade como se a visse pela primeira vez, surpreso com o número de táxis que chegava. Deu alguns passos sem saber que rumo tomaria. Resolveu ir para a direita, o que fez de cabeça baixa, rente à parede, com uma pressa artificial e planejada.

Menos de um quarteirão além, já distante da rodoviária e do seu alarido, reduzindo a velocidade das passadas, o viajante solitário olhava ansioso as portas na maioria fechadas das casas comerciais. Entrou no Orion, o primeiro bar que encontrou, depois de fixar a atenção na tabuleta amarela onde se lia o nome do estabelecimento conjugado com uma propaganda da Seven Up. Era um bar sujo, cheirando a óleo e desinfetante, o que não espantava sua compacta freguesia. Muita gente que se dirigia ou saía da rodoviária ali parava para uma refeição ligeira de sanduíches, pastelões, pizzas pequenas e picles, cobrindo o chão ladrilhado de papéis sujos e restos de alimentos. As mesmas pessoas malvestidas que vira na estação, homens, mulheres e crianças, atopetavam-se no balcão e numa dúzia de mesinhas, atravancando espaços com suas deselegantes bagagens. Equilibrou-se num dos bancos altos do balcão, acendeu o último cigarro duma marca boliviana, amarrotou o maço o mais que pôde, e com ligeiro sotaque castelhano pediu uma cerveja e um sanduíche de queijo frio. Mas não estava com fome ou sede. Sua atenção prendia-se ao telefone, a seu lado, constantemente ocupado por fregueses que se organizavam em fila. Comendo e bebendo sem prazer, morosamente, aguardava sua vez como se aquele telefonema fosse a coisa mais importante de sua vida. Na primeira folga, pegou o aparelho e puxou-o de encontro ao jaleco para que pudesse falar sem ser ouvido pela freguesia ou pelos garçons, atrás do balcão. Sabia o número de cor: fez a ligação encobrindo o telefone com o corpo. Ouviu logo uma voz masculina:

"Aqui é José Carlos Batista", e prosseguia, sem timbre, impessoal, metálico, concedendo-lhe trinta segundos para deixar um recado. Era uma secretária eletrônica. Desorientado pelo imprevisto, desligou. Devia deixar seu nome gravado no aparelho duma pessoa que jamais vira? Alguém, atrás dele, suplicante, pediu-lhe a vez. Não tinha muito tempo para considerações: ligou novamente e deixou o recado.

20h10

Menos de uma hora depois, num apartamento de duas peças dum espigão do centro da cidade, literalmente ocupado por livros, discos e garrafas vazias de todas as bebidas, com exceção de água mineral, Batista entrava e já ia arrancando o paletó. Chegava da redação do jornal onde consumia sua cota diária de caceteação que fazia jus ao salário do mês. Dirigiu-se a um balconete, o único móvel de estilo do apartamento, e apanhou um litro de um dos mais baratos uísques nacionais. Tinha bom paladar, mas nem sempre sua carteira o patrocinava. Tomou a primeira dose, habitualmente pura e rápida como uma autopunição. Batista achava que o sexo lhe roubava parte do dinheiro do álcool, no que reconhecia uma forma de degenerescência, por isso era forçado a engolir aquelas marcas. Depois do *cowboy* foi ligar o gravador, a extensão de seu órgão sexual. Comprara-o para gravar os possíveis recados de Dalila. Era a esperança que se renovava todas as tardes. Mas raras vezes a espera não resultava em frustração e porres solitários, os tristíssimos porres solitários com fundo musical. Considerava Dalila a pior das fêmeas, a mais puta que já conhecera, mas era o ímã, o grande ímã louro, uma tentação de alma porca, uma vil interesseira que só o procurava, e apenas com promessas, quando publicava suas fotos nas páginas de variedades do jornal. No entanto, sabendo disso e de muito mais coisas, desconhecendo nela qualquer virtude, devotava-lhe a maior e mais idiota paixão curtida nos seus trinta e oito anos de vida e celibato. Precisava dormir com ela algumas vezes, ou ao menos uma, para libertar-se daquela obsessão estúpida, daquela dependência *tecnicolor* de comprador assíduo de revistas eróticas. Porque Dalila não era uma pessoa, com poros e problemas, mas uma imagem animada, de papel acetinado, cara e gestos da moda, apenas e totalmente uma vulgar e hipnótica coelhinha da Playboy. Há quase um ano vivia em torno dela, batendo as asas ao redor de sua luz, sem ânimo e embalo para nada. Somente a bebida, por descontração ou torpor, conseguia atenuar os efeitos daquela atração eletrossexual. Ligou o gravador.

O primeiro recado, duma editora, lembrava-o que esquecera de pagar a mensalidade da enciclopédia. O segundo também era uma cobrança: o dentista. A voz seguinte, filha da gíria e da desinibição, era a que queria ouvir: "O que fez com minhas fotos, veadão? Vai deixar a boneca morrer afogada? Passo aí no seu muquifo fedorento às nove". Batista virou o copo. Podia ser o fim dos suplícios. Merecia, depois de tanto uísque, gelo, jazz e masturbação.

Havia um quarto recado: alguém sem bossa para brincadeira, com a voz abafada, provavelmente por um lenço, dizia-se Juan Perez Lacosta e marcava encontro num bar. Voltou a ouvir o excitante alô de Dalila, emputecida porque lhe negava as fotos, e depois deixou correr o trote sem graça do desocupado.

– Aqui fala Juan Perez Lacosta. Estou ferido e não tenho para onde ir. Batista, venha buscar-me no Bar Orion, perto da rodoviária. Se demorar, me encontre na igreja mais próxima.

Quem seria o gaiato e por que a gozação fora de época? Já há uns dez meses a Censura lhe cortara a romântica inspiração da série de artigos "Lacosta, nós te amamos!". Agora só escrevia sobre as obras do metrô, Olga de Alaqueto e usinas atômicas. Rompera com o jornalismo heróico para não perder o emprego. Queria simplesmente ir tocando o barco e se possível comer Dalila. Mas quem era o debilóide?

A gravação não lembrava a voz de nenhum amigo, conduzida por uma tensão difícil de simular numa pilhéria. Não era um som comum na circulação cotidiana. Tinha algo de dublagem, a voz de um encurralado, modificada por uma pá de poeira, gravetos, orvalho e elétrons noturnos. Parecia partir dum corpo sofredor, talvez febril e sangrento, embora forte, nodoso, com suas raízes aprofundadas na terra. Nunca ouvira a voz de Mano Juan, pois não o conhecia, mas a imaginava assim, nem plebéia nem culta, com uma masculinidade sem nenhuma postura, apenas natural e primitiva com sotaque de cachoeira ou floresta em chamas.

Na quarta audição, Batista, muito mais atento, com o ouvido quase colado ao gravador, notou que o desconhecido hesitava e quase tropeçava na palavra igreja, que ia saindo *iglesia*. Um português claro, com certo travo gaúcho, porém mais caprichado que espontâneo, evidentemente aprendido. Já não acreditava que falasse com o lenço no bocal. A rouquidão podia ser da própria voz ou conseqüência duma bronquite.

Bar Orion. Existia isso?

Pegou a Lista Telefônica, letra B. Bar, bar, bar. Bar Olinda, Bar Ópera, Bar Orion. Existia. Onde? Nas proximidades da rodoviária. Uma brincadeira craniada, sem dúvida. O engraçadinho tivera a pachorra de consultar a lista. E ainda falsificara a realidade numa alternativa: ou na igreja mais próxima. Não era excessivo levar o desfrute ao interior duma igreja? Qual dos seus amigos tão ocultamente cultivava o humor negro? Preferiu arquivar o quebra-cabeça, depois de reprisar a gravação pela última vez.

— Aqui fala Juan Perez Lacosta. Estou ferido e não tenho para onde ir.

Só um megalomaníaco imaginaria que seus artigos tivessem atravessado as fronteiras. Embora merecessem... E depois havia o tal imponderável. O próprio telefonema de Dalila talvez estivesse na ordem dessas coisas difíceis mas que podem acontecer. Outro *cowboy*, um passeio pela sala, a lembrança de trechos de seus artigos. Só não recebera o Prêmio Esso devido ao teor do trabalho. Estava em xeque. Espiou à janela: a rodoviária era logo ali. Só havia um meio de saber se a gravação não passara dum 1º de abril de semana santa, duma gozação bem bolada: ir ao Orion.

20h30

No trombado Corcel, atento ao trânsito incomum da rodoviária, Batista pretendia ir e voltar bem depressa com receio de que Dalila, chegando antes e não o encontrando, decidisse não esperá-lo. Apesar do enigmático telefonema era nela que pensava, pois nunca se sentira tão perto de possuí-la. A idéia das fotografias fora quente. Acertara fácil no amplo alvo de sua vaidade. Das vezes anteriores publicara as fotos e ficara à espera de que a gratidão lhe abrisse as pernas. Erro elementar para quem lida com uma sacana. Mas desta vez, não. Mandara revelar o filme e guardara-o em seu apartamento. Se ela quisesse espaço no jornal teria que negociar. E ela negociaria. Mercadoria pagando mercadoria. Não era jogo limpo, reconhecia, porém funcionava com a desavergonhada figurante. Diminuindo a marcha, com os olhos nas placas das lojas e bares, encostou o carro diante do Orion. Do interior do Corcel procurou ver alguma pessoa conhecida dentro do bar, talvez o Chalaça que tentava divertir-se à sua custa. Não viu ninguém. Resolveu entrar.

O dito Orion estava repleto de caipiras e nordestinos, com suas malas magras e sacos de roupa espantados com os primeiros fotogramas da Canaã brasileira. Foi conferindo fisionomias sem encontrar alguma que lembrasse Lacosta ou seu retrato falado. Mas nem era capaz de imaginar a quase lendária personagem comendo picles e pastelões, pisoteado pela dramática prole dos migrantes. Mano Juan podia estar na Bolívia, na Nicarágua, em

Cuba, não no Bar Orion. Saiu e já abria a porta do Corcel quando um impulso, com tempo disponível verificado no relógio, empurrou-o para a igreja mais próxima, a de Santa Efigênia. Foi andando, a convencer-se a cada passo que o homem mais perseguido do continente, caçado em toda a parte, temido, odiado e divinizado, não poderia ter feito aquele mesmo trajeto, rebaixado de mito a transeunte. No entanto, ia para a igreja.

Na Santa Efigênia realizava-se um casamento de pretos. Batista meteu-se entre os convidados, todos pretos e mulatos, vestidos em seus trajes de festa. O único homem branco ali, além dele, era o padre. Percorreu toda a igreja lançando olhares curtos a todos os lados. Escondeu-se atrás duma coluna. Fora de fato um trote: alguém desejara testar suas convicções políticas. Sentiu um alívio ainda maior que a tensão que o levara à Santa Efigênia e redescobriu o prazer de aspirar e expirar. Claro, não diria a ninguém que atendera à solicitação do ridículo telefonema. Mas já acreditava que a idéia partira de um dos cupinchas do Loureiro. O próprio até já quisera financiar uma viagem para que entrevistasse Mano Juan na Bolívia. Bebera muito uísque na discussão desse plano. E teria ido, à Bolívia ou ao fim do mundo, correndo qualquer risco, se Dalila não tivesse surgido em seu caminho. Dalila! Todos os seus pensamentos começavam ou terminavam nela ou nos detalhes de sua anatomia. Se não fosse tão insana obsessão a grande entrevista já estaria faturando nos maiores jornais do globo.

Subitamente, o ex-habitante de Ipanema deixou escapar um sorriso; a noivinha, mulata gostosinha, tinha uma barriga que não deixava a menor dúvida, ó dúvida... Com a visão elétrica dum cartunista divertiu-se a valer já achando que valera a pena deslocar-se do apartamento para ver o espetáculo "em branco e preto" daquela virginal gravidez, com flor de laranjeira e tudo. Tão Brasil! E aquele cair de ombros... Entusiasmou-se, aproximou-se do altar e foi ver tudo muito de perto. Ficou até o final da cerimônia com uma cara de sátiro e por um triz não bate palmas quando os nubentes e a padrinhada se retiraram aos sons internacionais de *Aquarela do Brasil.*

Batista não se misturou com os convidados que bloqueavam a passagem. Esperou a saída geral atrás da coluna, pensando em já voltar ao apartamento e curtir a espera de Dalila. Talvez a última espera porque desta vez tinha os curingas. Se ela quisesse foto no jornal precisava compreendê-lo. Já ia movimentar-se para aguardar a contagem regressiva no Cabo Canaveral, cabo caía certinho, quando percebeu que alguém se aproximava por trás, e em seguida, com mais cortesia que matéria, a mão de um homem pousou em seu ombro. Olhou: não era a mão de um preto.

— O senhor é José Carlos Batista?

Voltou-se, assustado. Mais que isso: todo ele pegou fogo como o Joelma ou o Andraus.

— Sou.

Era ele, sim. Mais baixo e atarracado que as fotos dos jornais faziam crer, mas era ele. A um palmo de seu contato. Os olhos verdes, mas não tão verdes e apostólicos. A barba apresentava falhas e uma coloração irregular. E aquele jaleco, a calça solta e bojuda não tinham nada de marcial. Se cruzassem na rua, se o encontrasse num restaurante e mesmo num elevador, não o reconheceria. Mas era ele, Mano Juan, sem os retoques da fantasia.

— Gracias por ter vindo.

Batista pensou em qual teria sido sua atitude se tivesse reconhecido Lacosta antes que o visse. Provavelmente teria se misturado com os convidados e escapulido sem olhar para trás. Aquele não era dia para fazer sala a um guerrilheiro fugitivo.

— Espera outras pessoas?

Mano Juan falou baixo com os olhos no padre que apagava velas no altar.

— Ninguém sabe que estou no país a não ser um casal de bolivianos.

— Disse que está ferido.

— Levei uma bala ao atravessar a fronteira.

— Então como não sabem que está aqui?

Lacosta baixou ainda mais a voz:

— Atiraram em mim supondo que era André Molina.

— Quem é André Molina?

— Um contrabandista de coca. Eu o conheci em Pedro Juan Caballero. Foi quem me ensinou a entrar no país. Não tive muita suerte.

— Quando aconteceu isso?

— Ontem pela mañana.

Batista lembrou de ter lido alguma coisa.

— Parece que eu li. Você estava num jipe e trocou tiros com a polícia, não foi isso?

Doeu para Lacosta confessar:

— Si, matei dos hombres.

Disso Batista não lembrava. Daí para diante o encontro ficaria ainda mais desagradável. Deu uma longa e panorâmica olhada ao redor. Começou também a falar sussurrado:

— E o jipe?

— Abandonei-o.

A engolida em seco:

— Ainda pensam que é o tal André Molina?

— Pensam — respondeu Lacosta sentindo que o jornalista preocupava-se. — Não vai correr muito risco, senhor... Quando me confundiram com Molina, usava una peruca blanca e una blusa doutra color.

Essas informações não apaziguaram nada.

— Tem documentos?

— Um passaporte em nome de Ricardo Uradi.

— Quando tempo tenciona permanecer aqui? — perguntou como se fosse o gerente dum hotel.

— Assim que melhorar — disse Mano Juan. — Não estou nada bem. Preciso dum médico. De confiança.

24

Batista julgou boa a hora para revelar:
— Não pertenço a nenhum partido político, Juan.
— Não?
— Mas conheço um médico que vai ajudá-lo.

Lacosta sentou-se num dos bancos da igreja. Mudara de cor, estava verde. Deu uma longa respirada. Comprimiu o corpo para suportar a dor duma tesourada. Foi quando Batista percebeu que ele tinha uma pequena mancha de sangue nas costas, perto do ápice.

— Sente dores?
— Si — confirmou Juan, tentando reagir, querendo levantar.
— Pode continuar sentado — disse o jornalista vendo os convidados deixarem a igreja aos acordes da *Aquarela do Brasil*. Queria mais uma informação, a mais intrigante.
— Por que me procurou?

Lacosta conseguiu sorrir apesar da dor.
— Li tudo que escreveu sobre Mano Juan.
— Onde?
— Foi em Sucre.
— Como conseguiu os artigos?
— Un brasileño... Su colega.
— Foi quem lhe deu meu telefone?

Lacosta confirmou sem palavras.

Batista odiou essa pessoa antes de saber quem era, mas, com cara de alguém muito sensibilizado, perguntou:
— Lembra o nome?
— Pedro — respondeu Lacosta. — Pedro Gomes, se não me engano.

Não se enganava; Batista conhecia Pedro Gomes, jornalista já aposentado, que lhe dera emprego num jornal e fora seu mentor e chefe durante muitos anos. Mas que idéia aquela de dar seu telefone a Juan Perez Lacosta?

— Pretendia agradecer-lhe um dia pessoalmente. Sus artigos me fizeram mui bem.

— Meus artigos?

— Quando desanimava, geralmente à noite, enquanto os outros dormiam, eu os retirava do embornal e relia alguns trechos. Era extraordinário, senhor Batista! A coragem e o otimismo voltavam, e ficava à espera de que o dia clareasse para voltar à luta. Devo-lhe muito, senhor. Jamais vi alguém escrever com tanta sinceridade e coração.

Batista ouviu tudo, ainda naquele terreno nebuloso entre a realidade e o pesadelo. Sentiu que a mão de Mano Juan apertava a sua com afetuoso calor. E então viu ao vivo, no original, o cativante sorriso das fotografias, justamente o que melhor revelava a ternura do tigre.

— Vou buscar o carro — disse, pensando no furo de reportagem que estava ali e que não poderia aproveitar. — Daqui a cinco minutos, vá para a porta da igreja.

21h10

Batista tomou mais um *cowboy*, purinho, na marca olímpica dos *for pigs* e deixou-se cair, sem fôlego, numa das raquíticas poltronas da caótica sala de seu apartamento. Ao entrarem no Corcel, Lacosta quase se apagou. Girava a cabeça em torno do pescoço, respirando entrecortadamente. Depois, viajou imóvel, olhando para frente mas como se não visse nada. Para retirá-lo do carro na garagem do edifício, felizmente deserta devido às miniférias, fez aquela força que os pobres fazem em dia de mudança. Teve que levar Juan até o elevador, como se conduzisse para o *corner* um pugilista nocauteado de pé, já fora do ar.

Outra vez, pela mesma citada razão, miniférias, a sorte ajudou. O elevador estava vazio. Pôde suster Lacosta equilibrado até o quinto andar, onde morava. No apartamento já foi tudo mais mole: arrastou-o até a cama e deixou que desabasse. Foi buscar uma laranjada, o único socorro urgente que soube prestar. Olhou para o jaleco. Lá estava a mancha de sangue. Inabilmente, como um sacristão desvestindo uma noiva embriagada, retirou a roupa de Juan. Lá estava o orifício da bala. Nunca vira um antes. Minava sangue, pouco, mas minava. Suas bordas eram escuras e havia um inchaço ao redor. Deu-lhe um troço no estômago. Para não enjoar ou desmaiar, pois se conhecia bem, correu para a sala. Outro *cowboy*.

Sentado na poltrona, com o copo na mão, mais pálido que o próprio Juan, pensava no absurdo, na pilhéria que o puto do destino lhe reservara. Juan Perez Lacosta, o último dos Robin Hood, estava em sua cama, talvez morrendo. Não sabia se se preocupava em salvar-lhe a vida ou em bolar o que faria com seu cadáver. E, por terrível ironia, dava graças a Deus por Dalila ter dado mais uma de suas mancadas. O que faria com ela lá dentro? Mas não podia ficar encucando coisas. Tinha que se mexer. Pegou uma agenda para procurar números telefônicos. Na letra M estava o homem, doutor Maurício, conhecido cirurgião, muito respeitado entre os médicos de esquerda. Quando escrevera os artigos sobre Lacosta, Maurício telefonara-lhe, felicitando-o. Era macaco de auditório de Mano Juan, já descrente na atuação de intelectuais numa revolução de verdade. Achava que Lacosta revivera o culto do herói, reabilitara virtudes perdidas como a coragem, a lealdade e o desapego à vida. "Não precisamos mais de filósofos e de autores de pecinhas teatrais que escrevem sempre para o mesmo público, sem aliciar ninguém. O herói é o grande aliciador, a grande mola dos ideais. E Mano Juan é a perfeita personagem de Alexandre Dumas, Rafael Sabatini e das histórias em quadrinhos. É forte, tem um bom coração, e até bonito o cara é. Um dia hei de apertar a mão dele", augurou Maurício. Batista lembrava-se desse telefonema: "Vou lhe dar a oportunidade que anseia", pensou. "Porei a brasa na mão dele. Bater palmas ao herói também é pouco. É preciso curar-lhe as feridas."

Fez a ligação.

– Quero falar com o doutor Maurício. Diga que é urgente.

Resposta imediata:

– Doutor Maurício viajou.

Ansioso:

– Quando volta?

Outra porretada:

– Depois dos feriados.

Batista desligou sem dizer obrigado. Voltou a consultar a agenda. Encontrou alguns nomes. Para qual deles passaria a bola?

Na letra C, o Cláudio, amigo de boêmia que já lhe livrara a cara em momentos difíceis. Talvez o ajudasse, pois tinha que dividir no mínimo em duas partes aquela responsabilidade, e se Mano Juan morresse, precisava de mais braços para ajudá-lo a jogar o cadáver num rio ou na margem duma estrada.

Ligou.

– Quero falar com o Cláudio, depressa. Batista.

– Acaba de sair, seu Batista – respondeu Marly, a mulher que vivia com Cláudio.

– Para onde foi?

– Ele nunca me diz para onde vai, Batista. Você bem sabe. Principalmente com esses feriados. – Pelo jeito que saiu só volta na segunda.

Sentiu mais o drama, sem Maurício, sem Cláudio. Procurou outro nome. Logo ali, letra A, Álvaro. Outro amigão. Telefona.

– Álvaro?

Era.

– O que manda, malandro?

– Álvaro, venha ao meu apartamento.

– Quando?

– Agora.

– Impossível. A velha teve outro balacobaco. Chamei o pronto-socorro. Acho que desta vez ela vai.

– Então quando pode vir?

– Hoje não dá. Por quê? Grilo?

– Não posso dizer pelo fio.

– Melação com a Dalila?

– Com ela está bem.

– Então não há problema. Amanhã a gente transa. Estão tocando a campainha, devem ser os homens de branco.

Batista só não chorou para não perder tempo. Ouviu um tlim no quarto. Disparou. Juan derrubara o copo de laranjada, algum movimento, dormindo. Os mortos não derrubam coisas. Ainda vivia. Voltou à sala lembrando um nome – Ivo. Parou como se o nome estivesse pichado na parede: Ivo, Ivo, Ivo. O líder sindical que alimentava com sucessivas colheres de Mate Leão. Precisava de Ivo. Mas ele não tinha macaco em casa. Teria que levar Juan à periferia. Mas, depois do esforço feito, não confiava mais na força dos seus músculos. Mais um *cowboy*, grave, doído. Voltou a consultar a agenda, foi mijar, lavou o rosto, acendeu um cigarro, espiou pela janela, passeou pela sala, deu um murro na parede, apavorou-se. A quem lançar seu SOS? Álvaro chamara um pronto-socorro para atender a mãe doente. Mas ela não era Juan Perez Lacosta. Se fizesse o mesmo amargaria cinco, dez, vinte anos de cana brava. Como explicar, desmentir, convencer a polícia de que não conhecia pessoalmente o guerrilheiro depois daquela série de artigos que mais parecia uma declaração de amor? Alguém viajaria centenas de quilômetros, com uma bala nas costas, para pedir penico a uma pessoa que nunca vira antes? A verdade era inverossímil. Mas como sair daquela? Como?

Um quarto ou quinto *straight* lhe deu a resposta: não havia saída. Sozinho não podia fazer coisa alguma. E estava sozinho. Tinha que esperar a morte de Lacosta, ali, de braços cruzados, enchendo a cara. Depois de sua morte, Cláudio ou Álvaro, ou os dois, o ajudariam, na madrugada de sábado, a livrar-se do corpo, como já vira fazer tantas vezes nos filmes.

Mas havia um serviço a fazer: Lacosta talvez tivesse nos bolsos algo que mais tarde pudesse comprometê-lo, aquilo que os roteiristas sempre fazem cair do bolso dos cadáveres e que só as câmeras vêem. Isso não aconteceria com ele. Foi ao quarto revistar o jaleco e a calça do herói. Juan dormia de costas tranqüilamente. Ouviu seu suave ressonar. Num dos bolsos da calça apenas um lenço. No jaleco, dinheiro brasileiro e boliviano e uma agenda preta. Abriu-a: havia uns versinhos inocentes, provavelmente qualquer coisa em código. Pegou a agenda nem tocando o passaporte falso.

Voltou para a sala onde ia destruir a agenda quando ouviu a

campainha. Ficou imobilizado, os olhos na porta. Esperou o segundo toque. Foi olhar pelo visor, com um medo que provocava dores em todos os orifícios do corpo. Conheceu a famosa dor anal das pessoas normais em ocasiões de pavor. Não viu ninguém. Melhor assim, a polícia não desiste tão facilmente, terceiro toque. Distinguiu uma cabelereira feminina. Loira.

Era Dalila: Estava atrasada quase uma hora, mas infelizmente não mancara. A presença de Dalila no apartamento naquelas circunstâncias fez retornar o arco de pua no rabo. Não sabia se abria ou não. Ou deveria pedir ao moribundo que saísse discretamente pela porta de serviço? O certo seria continuar na mesma posição, e chegou a decidir isso, mas agiu ao contrário: abriu a porta na base do "seja o que Deus quiser".

Dalila não entrou, invadiu o apartamento:

– Que demora foi essa, veadão? Estava cagando?

– Estava – respondeu Batista aproveitando a explicação dela. Mas não tinha coragem de olhá-la.

– Onde estão minhas fotos?

– Fotos? Ah, estão comigo.

– Como é que saíram, Babá?

– Estão ótimas – respondeu o jornalista com a agenda preta do guerrilheiro nas mãos e sem saber o que fazer com ela.

– Me deixe ver – pediu com graça a oxigenada. – Quero esfregar elas na fachada dum trouxa que disse que não sou fotogênica.

Apesar de estar com a cuca fundida, Batista, tateando um envelopão entre seus livros, fez sua jogada:

– Dê uma espiada e devolva, tá?

A figurante sorriu, entendendo o lance:

– Manjo seu truque, malandro. – E foi apreciar as fotos, sentada, à luz do abajur. O episódio narcísico foi breve: – Saí bacana em todas, não acha? A melhor é que a estou com a bunda para o alto. Guarde uma cópia para você. Sei que é fanzoca do meu lordo!

Batista não conseguia ignorá-la nem numa situação como aquelas. A desavergonhada extra estava mais imantada que nunca usando uma folgada blusa verde que mostrava a metade dos peitos. Seu perfume barato, mas provocante, viera com ela e já ocupava todo o espaço da sala. Viu-a levantar-se, bem à vontade e frescona. Começou a ficar entesado.

— Gostou das fotos, Lila?

— Bacanérrimas, Babá. Quando vai publicar?

Batista ainda sabia sorrir:

— Depende de você, garotona.

Dalila deu uma saracoteada e largou os braços sobre os ombros do repórter. Fez jogo de olhar e muxoxos:

— Não brinque, Babá. Preciso duma ondinha no jornal para garantir meu papel numa novela da TV. Não vai negar fogo desta vez, não é queridão?

— Nunca neguei fogo, boneca. E o que tenho ganho com isso?

— Beijinhos.

— É pouco, Lila.

— Ah, então o negócio é dá cá tome lá?

— Vai ser assim, boneca. Ou não vai ser de jeito algum.

— Você nunca foi tão durão, Babá! Qual é o grilo?

— Você é meu grilo.

— Antes você era mais romântico — ela ponderou. — A gente saía junto, ia no Gigetto, aos teatros, ouvia musiquinha nas boates. Você curtia essas coisas.

Batista num esforço supremo, e procurando ser natural, afastou-se dela e foi guardar o envelope das fotografias, como se desse o assunto por encerrado.

— Então publique só uma — negociou Dalila.

— Nenhuma, boneca.

— Entrou pra turma do dá ou desce?

— Acho que entrei.

Dalila saracoteou até a porta.

— Então vou embora.

— Boas festas, Dalila!

A infernal vedetinha chegou a abrir a porta, mas não saiu. Batista tinha certeza de que não sairia. Ela tornou a fechar a porta e chegou-se a ele com um sorriso de uns quinze centímetros.

— Nunca pensei que fosse tarado.

— Talvez seja, não sei.

— Eu lhe prometo, um dia desses.

Batista movimentou-se até a porta e abriu-a, sem rancores. Estava representando ou realmente queria ver-se livre dela.

— Não acredito em promessas.

— Está me expulsando, queridão?

— Eu propus um negócio. Você não aceitou, miau.

— Hoje tenho pressa.

— Miau.

Dalila tornou a fechar a porta e abraçou Batista, de corpo inteiro, colando-se nele. Era uma esponja: se o maldito Lacosta não estivesse lá, a levaria ao boxe do chuveiro e a possuiria, os dois ensaboados. Devia ser sensacional, além de muito higiênico.

— Babá, eu não sou uma puta, embora digam isso.

— Não estou lhe oferecendo dinheiro, estou lhe oferecendo fama. É diferente.

— Como disse, estou com pressinha.

— E eu estou com mais pressa ainda.

— Conhece o Hans, o cinegrafista? Ele quer fazer um curta comigo. Vai passar no meu apartamento pra me filmar.

— A que horas, isso?

— Ele não marcou. Pediu que o esperasse depois das onze.

— Mas não são dez!

— Preciso me maquiar direitinho, escolher as roupas, dar um jeito no apartamento...

— O que vai dar ao Hans em troca?

— Pensa que todos são como você?

— Conheço o Hans. Não dá ponto sem nó. Por isso não quer nada comigo. Já tem compromisso com o alemão. Está tudo explicado. Pode dar o pira, boneca.

Dalila subitamente encostou seus lábios nos dele com toque de borboleta. Ele não correspondeu, machão, seguro. Ela repetiu o prêmio de consolação. Batista continuou como uma estátua. Já que a perdia para o Hans, queria uma derrota digna.

— Então vamos depressinha? Mas não faz mal que é sexta-feira santa?

O quê? Ela cedia?

— Eu também sou católico — esclareceu o jornalista.

— Mas não pense que é só por causa das fotos. Eu te amo um pouquinho, Babá. Só não te dei até agora pra não estragar tudo. Não quero perder sua amizade.

Batista não queria palavras. Curvou-se sobre ela e baixou-lhe o bustiê. Os seios, que só vira em dois filmes pornôs, saltaram como molas, pagando na boca do caixa o trabalho das fotografias. Começou a beijá-los e mordê-los, embora sentindo que a ocasião não era para preparativos e requintes.

— Tire o resto — ordenou o repórter já com a partida ganha.

— Mas você quer aqui, seu taradão?

— Onde está o puto do zíper?

— Calma, senhor apressadinho, essa saia custou os tubos.

— Você não disse que estava com pressa?

— Mas nem tanto assim! Não sou coelha — disse dirigindo-se para o quarto.

Batista lembrou-se do guerrilheiro e deteve-a.

— Vamos aqui mesmo.

— Aqui?

— Aqui.

— Eh! Quer que suje a roupa nesse tapete de merda? Pra isso inventaram as camas, né?

— Então vamos de pé.

— Pra depois a coisa ficar escorrendo? A gente não está num elevador.

— Então eu me sento naquela poltrona e você senta em cima.

— Que história é essa de sentar em cima? Vamos pra cama, como manda o figurino! — E foi se aproximando da porta do quarto, já encabrerada.

Batista ainda teve tempo de segurá-la:

— No quarto, não. Aqui é melhor!

— Melhor por quê?

— Mais gostoso.

Dalila sorriu com toda a sabedoria e experiência acumuladas.

— Tem alguma gata aí dentro?

— Gata?

— O que está pensando, que sou fim-de-feira? A mamãe?

— Não tem gata nenhuma aí dentro. É que sempre trepo na sala. É um hábito. As coisas dão mais certo — garantiu o repórter tentando levá-la à poltrona.

Mas não esperava que a figurante, com uma gingada de corpo, tipo Garrincha, o ludibriasse, num drible, e com uma risota safada se aproximasse da porta, com dois metros de vantagem sobre ele. Puxou o trinco e foi entrando. Batista apenas pôde acompanhá-la.

Mano Juan continuava deitado de costas, roncando levemente. Não parecia ferido nem doente. Pelo contrário, demonstrava vigor e saúde. Sem se preocupar em cobrir os seios, Dalila foi se chegando à cama com a emoção de quem desvenda parcialmente um segredo. Não falou logo, observando o desconhecido.

— Quem é esse cara?

— Um amigo meu, argentino — respondeu Batista tentando levá-la para a sala. — Vai passar alguns dias comigo. Está dormindo.

— É artista?

— Não é artista.

— Puxa, Babá! Como ele é bonito! Por que nunca me apresentou?

— Chegou hoje, Lila.
— Depois você me apresenta ele?
— Apresento.
— Vamos.
— Me deixe ver.
— Ver o quê? — irritou-se Batista usando força para tirar Dalila do quarto. Não fazia mal que ela vira Lacosta. Agora tinha que acabar o que ia começando. Pensaria nas conseqüências depois.
— Vamos, vamos.

Quando a figurante esgotara sua curiosidade e já saía do quarto, Mano Juan soltou um longo gemido, gemido de pesadelo, e virou-se na cama à direita e à esquerda e finalmente emborcou de bruços mostrando a cratera ensangüentada nas costas. Via-se sangue em tudo: no lençol, na fronha e até no cinto e na calça.

A vedetinha voltou o olhar para a cama, com seus belos olhos arregalados e imaginando coisas, deu um giro e correu para a porta como se tivesse visto o diabo.

Batista a segurou e forçou-a contra o batente.
— Onde você vai?
— Cair fora! Me largue!
— Mas o que houve?
— Não houve. Vou pinicar.
— Pinicar por quê? — perguntou Batista, ainda segurando.
— Esse cara tem um buraco nas costas.
— Foi acidente.
— Foi tiro, tá na cara. Me deixe ir.
— Que está pensando, carita? Que fui eu?

Dalila deu um tranco em Batista e começou a compor a blusa.
— Não estou pensando nada. O que sei é que vou me espiantar. Já me meti numa boa com a polícia sem ter culpa alguma. E noutra não caio, malandro. — Foi para a sala ainda lutando com os botões da blusa. — Pode estar certo que não abro o bico. E nem quero saber da história.

Batista, deixando-a livre, tentou explicar:
— Faz menos duma hora que conheci ele.
A verdade tem sua força natural; ela deu uma parada.
— Mas ele foi baleado.
— Foi.
— E por que não chama uma ambulância?
— Não posso, foi coisa da polícia.
— Onde? Na Boca do Lixo?
— Não, na fronteira: Bolívia.
— Bolívia? Não sabia que andava nessa de coca.
— Coca, eu?
— Foi numa dessas que sujei minha barra. Tudo por causa dum sacana de passador.

Batista perdeu um pouco a esportiva.
— Escute aqui, eu não sou da pixicata e esse cara aí não é passador de merda alguma. Não sou do seu grupo, não.
— Mas você não falou que ele veio da Bolívia?
— Veio, mas o negócio dele é outro. Nada tem a ver com o pó. É um cara muito direito, muito honesto, muito puro. Cem por cento. Tem até fama de santo.
— Então por que queimaram ele?

Batista foi para o bar, precisava doutro *cowboy*.
— Quer um?
— Não — ela respondeu já curiosa, querendo saber quem era o bonitão que levara o balaço.

O Batista virou a dose na garganta e bufou. Deveria contar tudo à figurante? Parecia não haver outro jeito, embora não acreditasse que ela pudesse entender. Talvez nunca tivesse ouvido falar em Juan Perez Lacosta ou Mano Juan.
— Estou encrencado — começou Batista. — Se souberem que ele está aqui pego uma tremenda cana. Podem até acabar comigo.
— Mas qual é a dele, Babá?
— Eu digo, mas tem que fazer um juramento.

— Tenho boca-de-siri, Babá.

— Ninguém sabe que ele está aqui.

— Nem o porteiro?

— Subimos pela garagem.

— Quem é ele? Pode dizer. Eu conheço?

— Já deve ter visto o retrato dele nos jornais.

— Engraçado! Ele me pareceu conhecido!

— Conhecido no mundo todo.

Dalila ficou tomada. Amoleceu, já não queria sair. A fama de qualquer pessoa e por qualquer motivo, a fama simplesmente, exercia sobre ela verdadeira hipnose, infundia respeito.

— Tanto assim, Babá? Não é chute?

— Mais do que pode calcular.

— E vocês são amigos?

— Escrevi muito sobre ele no jornal.

— Cantor?

Batista riu nervosamente: as dimensões do mundo de Dalila iam das polegadas do vídeo às telas do cinema.

— Já ouviu falar de Juan Perez Lacosta? – perguntou.

— Juan Perez Lacosta? – ela repetiu sem encontrar eco em sua memória.

— Deve lembrar, o guerrilheiro...

Ela franziu a testa consultando seu arquivo.

— Guerrilheiro?

— Nunca ouviu nada sobre Mano Juan?

Dalila lembrou; tinha ouvido, sim.

— Ouvi. Hans vive falando dele. Vi também retratos. Por isso me pareceu conhecido. É esse aí mesmo?

— É esse aí.

— Coitado!

— O médico que podia lhe extrair a bala viajou. Não sei que fazer.

— Os médicos que conheço só fazem abortos, Babá.

— E nenhum outro atenderia num caso desses. Isso dá cana, cabrita.

Dalila entendeu tudo mas sua reação foi de quem quer dar uma bofetada:

— Você é mesmo um matusca! Um pirado. Piradão!

— Boiei, cabrita.

— Um cara se acabando aí do lado e você querendo trepar! Qual é, Babá? Pica de alumínio ou cuca mesmo?

— E a gente ainda pode. Por que não?

— Você pode, eu não.

— Por quê?

— O homem está numa pior. A gente tem que lhe dar uma força.

— Eu tentei, boneca. Telefonei para amigos. Mas ninguém quer nada numa semana santa.

— Mas o que vai fazer? Ficar coçando o saco?

— Eu não sei — confessou ele. — Encher a cara e esperar que ele estique. Não sou Mandrake.

— Viu as costas dele? Precisa dum curativo.

— Não sei fazer e não gosto de ver sangue.

Mostrando na cara o desejo de rever Juan, agora que sabia de sua fama, Dalila disse:

— Durante uma pá de tempo fiz curativo na perna de minha tia. Acho que posso estancar aquele sangue. Vamos, Babá. Me arranje gaze, algodão e esparadrapo.

22h05

Uma urgente brecada fez Mano Juan acordar e quando o Corcel voltou a rodar teve a consciência de onde estava. Viajava no banco traseiro dum carro, encostado à porta direita, com a cabeça caída para trás. À frente, dirigindo, viu o jornalista e a seu lado a moça. Uma pressão nova, nas costas, indicava que lhe haviam feito um curativo e um leve odor de mertiolato lhe chegava às narinas. Não vestia mais o jaleco e a calça de brim grosso, mas um terno completo, e uma gravata comprimia-lhe desagradavelmente o pescoço. Até os sapatos haviam sido trocados por outros mais rijos e apertados. Não sabia, porém, aonde o levavam. A última vez que abrira os olhos, bem acordado, estava numa cama e a companheira do jornalista, sorrindo para ele, lavava-o com um chumaço de algodão embebido em algum preparado. Passava-lhe o chumaço no peito, debaixo do braço e nas virilhas e, pela abertura da cueca, no sexo, enquanto alguém, diante do guarda-roupa, mexia em cabides. Em dado momento, quando ele ficou só no quarto, abandonou o algodão e passou a higienizá-lo com sua própria mão, umedecida, ativando a agilidade dos dedos. Então, ela imprimiu malícia no sorriso e uma espécie de desafio, começando a descer a mão pelo seu corpo, repetindo o ousado trajeto já palmilhado. Fechou os olhos, com vergonha de encará-la e retraiu-se a um passado pouco percorrido pela memória quando as meninas nas vesperais de cinema, com suas mãos adestradas noutras matinês, ensinavam-lhe que havia sabores melhores que os fornecidos pelos incansáveis baleiros das salas de espetáculos. Chamando-o de Juanito, seu primeiro apelido, ela acelerou o ritmo da carícia, e em poucos instantes provou-lhe que ainda estava bem vivo. Ouviu os passos de Batista, que voltava ao quarto, o que ela pressentiu em tempo, cobrindo-lhe o sexo com uma toalha. Em seguida, uma chuva fresca e estimulante de talco caiu-lhe sobre o peito e novamente sentiu a mão dela deslizando em sua pele. "Vamos raspar a barba dele", disse o jornalista. "Oh, não", protestou a moça, "ele fica muito mais bonito assim. Parece um profeta". Ouviu o riso de Batista: "Um mau profeta, pois do contrário não estaria aqui".

Pôde manter os olhos abertos. Distinguia perfeitamente o jornalista e a moça. Ela voltou-se para trás.

— Abriu os olhos.
— Ainda bem. Não quero entregar um cadáver ao Ivo.
— Que Ivo?
— O líder sindical.
— Vai deixar Juanito com ele?
— Ivo tem que dar um jeito.
— Se não estivesse tão mal o levava a meu apartamento. Lá estaria bem escondido.
— Não se trata apenas de esconder. O mais urgente é um médico que extraia a bala.
— Tenho uma peninha dele!
— O que foi? Ficou boazinha de repente.

O balanço do carro provocava sono. A voz da moça soava como a da linda Mercedes, mulher de Martin, o homem que o refugiara em sua casa e loja de ferragens em Pedro Juan Caballero. Com as roupas em tiras, imundo, depois de dias de marcha solitária, foi bater à porta da única pessoa que conhecia na cidade. Chegou num fim dourado de tarde, exausto e faminto. Martin tremeu ao vê-lo: desde o casamento abandonara toda atividade política. Mas ele e Mano Juan haviam sido carne e unha. Abraçou-o fortemente com a promessa de que faria tudo por ele. A mulher de Martin, porém, levou aos braços seu *niño*, já preocupada com a segurança da família. Não teve mais sossego enquanto Juan permaneceu em sua casa. À noite, não dormia, rezava. No quarto, na cozinha e atrás das cortinas da sala, no temor de que os boinas verdes chegassem. Martin, pressionado por Mercedes, aproximou Juan de André Molina, maleiro de coca, que lhe ensinaria entrar no Brasil em segurança. O encontro foi feito num boteco sórdido, antro de maleiros e passadores, onde Martin e Juan entraram e pediram *caña* paraguaia. Ao lado, dois homens, um de meia-idade, de cabelos brancos, e um jovem disputavam ardorosamente uma partida de damas. Na segunda rodada Juan ficou inquieto, mas Martin o tranqüilizou: "Ele já está aqui, é o mais velho. Já nos viu". No fim da partida o jogador mais jovem, derrotado, fez um gesto de contrariedade, pagou a conta e sumiu. Molina transferiu-se de mesa: "Damas é jogo para velhos. Os moços perdem sempre. Então é esse o seu amigo?". Martin explicou: "Precisa fugir para o Brasil, desfalcou um banco". André abriu um sorriso, mas não se interessava pelos pecados alheios. "Aconselho-o a ir de jipe, é o melhor carro para essa viagem. Alguns trechos são difíceis. Agora preciso dum papel para desenhar o mapa." Juan retirou do bolso uma Bíblia. "Aqui tem páginas em branco." Molina riu: "Isso é ótimo, reverendo. Sempre que cumprir uma etapa, apague-a com uma borracha. Se seguir meu traçado não haverá erro. Só os pássaros o verão transpor a fronteira. Há vinte anos que venho fazendo essa rota e ainda ninguém me apanhou. Mas eu, em seu lugar, usaria uma peruca branca. Dá mais respeitabilidade. Um bom velhote como eu é sempre menos suspeito. Observe agora o mapa e faça todas as perguntas que quiser". No dia seguinte ele e Martin roubavam um jipe estacionado à porta dum gabinete dentário. "O cliente não vai sentir", disse Martin, "o dentista deve ter usado anestesia".

– Esse cara mora na puta que pariu! – protestou a moça.

— Líderes sindicais não moram no Jardim América.
— Por quê?
— A maioria prefere o Morumbi.
Dalila deu outra olhada a Juan.
— De que signo ele é?
— Ivo?
— O bonitão!
— Sei lá!
— Tem cara de ser de Escorpião. Sou de Peixes. Escorpião e Peixes combinam, sabia?
— Ignorava.
— Vou perguntar a ele.
— Perguntar o quê?
— De que signo ele é.
— Deixe o homem em paz. Pode estar morrendo.
— Não vai morrer. Eu não deixo. — Voltou a olhar para trás. — É um cara muito bacana. Me fale dele, Babá.
— O que quer saber?
— Tudo que sabe.

Juan, embora já com os olhos abertos, e querendo concentrar a atenção, ouvia a conversa dos dois mas as palavras boiavam no espaço, saíam pelas janelas. O passado, ainda quente, sugava as imagens do momento. Via-se no jipe na noite da partida. Martin despedia-se e dava-lhe conselhos quando Mercedes teve uma inesperada crise de choro e debruçando-se começou a beijar Juan na face, na testa, no nariz, no queixo, nos cabelos, na boca, enquanto deixava cair sobre suas pernas alguns maços de cigarros. O clamor de seu choro, ecoando na rua, despertou alguém e o retângulo duma janela vizinha iluminou-se. Foi o sinal para Juan pôr o jipe em movimento com os sons e sensações dum adeus definitivo.

— O cara é mais importante que eu pensava.
— Um pequeno pedaço de chumbo tira toda a importância das pessoas, cabrita.

— Para mim, não. Agora que ficou importante. Antes pouco sabia dele. O cara mora por aí, Babá?

O carro parou diante duma casa rasteira de porta e janela. Batista abriu a porta.

— Ajudo levar ele – disse Dalila.

— Melhor que fique.

— Você não sabe se vai demorar.

— Então fique com ele.

Era o que ela queria:

— Vou para trás.

— Por quê?

Dalila já tinha a resposta:

— Quero ver se o sangue varou o paletó.

— Bem, lá vou eu.

— E se ele não estiver? Deixa o Juanito assim mesmo?

— Não posso entregar um moribundo como quem entrega uma encomenda. A gente espera.

Assim que Batista saiu do carro, Dalila saltou para o banco traseiro. Passou a mão na testa úmida de Juan. Enxugou-a com seu lencinho suave e perfumado. Juan estava febril, mas não de assustar. Examinou o paletó, não viu sangue.

— Não vamos deixar você morrer, queiridinho – garantiu como se fosse a dona da vida. – Ainda é moço e bacana. Pena que se meteu nessas bobagens. O que ganha com isso, chuchu? Fique na sua, que é mais legal. Viver é um barato, principalmente quando se tem um amor. Eu tive muitos, mas nunca foi coisa séria. Todo mundo é muito sacana. Batista é outro. Dizem que escreve bonito, mas é sacana. Quer mulher só para trepar. Juanito, você ouve o que falo? Dá para entender?

Juan forçou todos os músculos para que as cordas vocais vibrassem. Nunca soubera que as palavras precisassem ser fabricadas, uma a uma, e que o som fosse algo concreto capaz de produzir angústia e dor. Conseguiu falar.

— Onde estamos?

— Não está vendo? Num carro.

— Batista.

— Entrou naquela casa baixa. Foi falar com um cara que pode ajudar você. Como está se sentindo, queridinho?

— Tenho sono.

— Não dói nada?

— Não.

— Talvez precise de sangue. Eu lhe darei meu sangue. Sempre dou sangue às minhas amigas quando fazem operação. — Juan agitou-se um pouco porque lhe faltasse ar ou porque o inquietasse a ausência de Batista. — Descanse a cabeça em meu ombro — pediu Dalila. Ele obedeceu, sob a pressão dos dedos dela. — Abra um pouco as pernas. Estamos sozinhos. Como no quarto.

Para Dalila era como massagear o coração.

22h30

*I*vo era um operário pequeno e elétrico que um dia apareceu no sindicato apenas para sapear, e como falava demais e sobre tudo dava palpite, foi incluído numa das chapas eleitorais e ganhou o cargo de segundo secretário. Aí ficou ainda mais explosivo. Brigador, matreiro, incontrolável, dava socos fortíssimos nas mesas sindicais, chamava os poderosos de você e nunca aceitava arreglos.

Numa semana de pauta fraquíssima no jornal, Batista entrevistou Ivo num dos corredores do sindicato, e para sua surpresa deu matéria tão boa que já na noite seguinte o líder sindical com sua indignação e irreverência aparecia em todos os telejornais. Desde então, um pouco por comodismo, sempre que precisava de notícias e informações do mundo sindical, recorria ao pequerrucho, soltando-lhe a língua com duas ou três garrafas de cerveja. Fora dos assuntos sindicais, Ivo tinha um tema favorito: Juan Perez Lacosta, a única pessoa viva deste mundo a qual votava a mais ardorosa paixão. "Aí está um cara que gostaria de conhecer", costumava dizer. "É um homem de verdade. Enquanto todos têm dois, ele tem três", ilustrava espichando primeiro dois, depois três dedos. "Você também tem três", afirmava Batista. Ivo apreciava o elogio genital, mas o repelia: "Não, três só Juan Perez Lacosta".

Era do que necessitava aquela noite: alguém com três. Tocou a campainha confiante: como no dia seguinte era sábado, Ivo deveria estar ainda acordado. E foi o próprio que atendeu à porta, surpreso. O jornalista em sua casa!

— O senhor teve sorte em me encontrar. Ia numa reunião no bairro. Sabe, estamos organizando uma greve. Mas pode entrar. O senhor! É uma honra! Não repare a desordem, por favor.

Batista entrou: os cinco filhos de Ivo e outras três crianças filhas duma irmã de Ivo, entrevada, estavam acordadas e correndo pela casa. Um menino chutava uma bola como se estivesse num campo de várzea e outros três choravam sem motivo aparente. Logo pareceu a Batista que ele tinha menos autoridade em sua casa que no sindicato.

— Vá sentando — disse o líder, mas antes teve que enxugar com um trapo uma cadeira melecada, ainda embaraçado com a presença do repórter. — Sabe quanto querem nos dar de aumento? — perguntou, irritado. — Vinte por cento. Uma vergonha, não? Queremos trinta e cinco. É justo, não? A taxa de inflação foi quase de quarenta no ano passado! Por isso temos que organizar a greve. Pode dizer isso nos jornais: ou nos dão os trinta e cinco ou cruzaremos os braços.

Batista sentou-se, já receando o fracasso de sua missão, e garantiu:

— Vou publicar.

— O chato é que nem todos são como eu. Há muito covardão em nosso grupo. Até o presidente é um bunda-mole. Nas próximas eleições talvez me candidate. Precisamos dum macho na cabeça do sindicato. Alguém com culhão preto.

Um dos meninos, o mais taludo do bando, entrou na sala com um estilingue.

— Pai, olha o que tirei do Agildo!

Ivo pegou a terrível arma e enfiou-a no bolso.

— Depois a gente conversa, filho.

— Foi ele que quebrou a vidraça, pai.

— Estou com visita, não tá vendo?

— Mas fui eu que apanhei da mamãe!

— Depois, falo com ela. Agora, vá pra dentro — disse empurrando o menino para o corredor. — Essas crianças! O senhor tem filhos?

— Não sou casado.

— Elas dão muitas alegrias. Mas não é sopa dar de comer e vestir todas elas. É uma parada. — E voltando ao seu assunto habitual. — Bem, não tenho autorização mas pode falar que estamos unidos e que vamos lutar até o fim. Com vinte por cento, nada feito. Certo?

Batista sentiu que Ivo queria livrar-se dele, mas mesmo assim falou:

— Ivo, tenho um abacaxi para descascar...

— Que abacaxi?

— Um amigo está em apuros.

Nesse instante três meninos e duas meninas entraram na sala em fila indiana, um com os braços nos ombros do outro, apitando e arrastando os pés. O diabólico trenzinho deu uma volta em torno da mesa e do visitante e voltou ao corredor, apressado, para cumprir horário.

— Elas não podem brincar na rua — explicou Ivo — enquanto não puserem um semáforo na esquina. No mês passado duas crianças foram atropeladas diante de minha casa. Esta é outra briga que vou comprar.

Batista fumava e pensava. Devia começar já dizendo que Juan Perez Lacosta estava em sua casa, lá, diante da porta ou contar a história aos poucos, desde o telefonema?

— Ivo, você vai ter que me ajudar a descascar...

O líder lembrou, então: havia um abacaxi.

— Ah, sim, fale do seu amigo. Ele é sindicalizado?

— Não é.

— Mas o que aconteceu com ele?

— Está gravemente ferido, Ivo.

Ivo piscou os olhos, já entendendo:

– Acidente do trabalho, aposto. Tivemos quase um milhão de acidentes de trabalho no país em doze meses. O trabalho, sem segurança, é um verdadeiro suicídio. Se um dia for eleito presidente do sindicato a segurança vai ser uma das minhas metas.

Batista, impaciente, interrompeu-o, senão ele iria longe:

– Não foi acidente de trabalho.

– Não foi?

– Não, Ivo.

– Isso complica um pouco. Mas onde ele se feriu?

O trenzinho vinha voltando com mais carvão na caldeira e novos vagões. Batista lançou um sorriso hipócrita para a composição. Não gostava de crianças e, quando enturmadas, odiava-as. A locomotiva estacou diante deles, mas ainda apitando e soltando fumaça pela chaminé.

Ivo foi passando a mão pelas cabeças das crianças, dizendo seus nomes com orgulho de pai e tio salvador:

– Ivo, Dolores, Agildo, Ana, Jorge, Luís Carlos, Lenine e Juan...

Batista foi atingido por uma faísca de esperança:

– Juan é uma homenagem a Lacosta?

– Sim, o caçulinha...

– Você é grande admirador dele, não?

– Juan Perez Lacosta é o maior machão do século.

– Gostaria de conhecer ele?

– Quem sou eu? Sou muito pequeno.

– Você pode conhecê-lo.

– Eu?

Batista decidiu abrir totalmente o jogo e passar a batata quente para o homenzinho quando uma mulher gorda, um palmo mais alta que seu marido, com uma deplorável cara de broa e na boca uma daquelas dentaduras que se fazia antes da guerra, entrou na sala e ficou a olhar o visitante com ar desdenhoso.

Ivo, intimidado, disse a ela:

— Este é o meu amigo, jornalista...

Batista cumprimentou-a com inútil cortesia. Ela continuava marruda, olhando com nojo.

— Então é o senhor?

— Eu o que, minha senhora?

— É o senhor que mete meu marido nessas badernas?

Ivo, ainda menor perto dela, tentou colocar panos quentes.

— Ninguém me mete em badernas, Antônia! Luto porque é preciso. Alguém tem que se mexer.

— Cale a boca, você!

O trenzinho começou a movimentar-se, mas em marcha lenta porque previa um bate-fundo e não queria perder o espetáculo.

— Antônia...

Ignorando a presença do marido, ela prosseguiu:

— O idiota do Ivo perdeu a cabeça desde que começou a sair nos jornais. Pensa que é gente e até dá entrevistas. Enquanto isso as crianças não têm o que comer. — E sentenciou: — Não é com revolução que os pobres ganham dinheiro.

Ivo, de cabeça baixa, tentou liquidar a cena:

— A gente se vê no sindicato, Batista.

Mas Antônia ainda tinha munição:

— Quero falar algumas verdades a esse moço. Sei como vocês são — bradou a carinhosa mamãe com voz de trovão. — Escrevem palavras bonitas, publicam fotos, põem bastante lenha na fogueira e depois largam as bombas nas mãos dos coitadinhos. Como o besta do Ivo. Um dia vão matar ele de pancadas, como fizeram com muitos, e aí quero ver o que vocês vão fazer!

Ivo quase implorou:

— É melhor ir. Eu arranjo uma guia do INPS para seu amigo.

— Provocadores! — gritou a grande *mater*, abraçando seus vagõezinhos. — Comunistas!

Batista abriu a porta e sem olhar mais nada pisou a calçada. Não sabia se participara dum drama ou duma comédia. O carro estava encostado ali, quase envolto na neblina que começava a cair. Passou por ele e atravessou a rua. Entrou num boteco e pediu uma dose reforçada de conhaque. Jogou a fogueira na boca a olhar para o português que o servira. E, como se estivesse perdido no bairro, perguntou:

– Conhece a rua Juan Perez Lacosta?

– Sou novo por aqui – respondeu o botequineiro. – Pergunte a um guarda.

22h50

Lacosta sentiu o carro em movimento. A moça estava no banco dianteiro, mas seu perfume ficara com ele e perturbava-o. Por duas vezes, na cama e no carro, ela conseguira reanimá-lo quando parecia morrer. Sua mão e a sua boca operavam milagres. Enquanto ela pudesse socorrê-lo, não morreria. Viu o vulto do jornalista entrando no carro.

— Vamos embora.
— O que foi? Juanito não vai ficar?
— Não.
— Ele não quis?
— Nem cheguei a tocar no assunto.
— Por quê?
— O Ivo mora num mundo habitado apenas por dez pessoas: ele, a mulher e oito crianças. A aldeia global é a maior das mentiras. Quem mora noutra rua jamais será nosso vizinho.
— O que está querendo dizer?
— Que estou com o saco cheio.
— Puxa, você está com um tremendo bafo de onça! O que tomou naquele boteco? Veneno de cobra?
— Hoje tomo qualquer veneno. Como vai o rei de Cuba?
— Juanito? Deu uma melhorada.
— Ainda bem. Vamos para o outro lado da cidade.
— Quem vai procurar agora?
— O cara que me meteu nessa.

– Acha que ele vai dar um jeito?

– Sei lá! Deixo Juan na cama dele e caio fora. Quem mandou dar meu telefone pra ele?

Lacosta pendeu para a esquerda e viu o retrovisor do carro refletindo o brilho histérico das lâmpadas da rua. Seu sossego terminara no retrovisor. Depois de transpor a fronteira, deu o formal respiro de alívio e rumou para a estrada estadual, larga e asfaltada. Todas as etapas haviam sido cumpridas. Como garantira André, o maleiro, apenas os pássaros o viram entrar ilegalmente no país. Estava cansado de dez horas de direção, através da noite, sobre terra batida, mas bastou a luz da manhã, uma bela manhã, e a visão duma estrada ampla e asfaltada para renovar seus ânimos. Freqüentemente olhava o retrovisor ou o espelho lateral. Estranhava sua cabeça com a peruca de cabelos brancos e dizia-se: conheço esse cara de algum lugar. Julgando o *rayban* disfarce muito evidente, jogara-o no porta-luvas com a Bíblia e o revólver. Mas sem os óculos ficava ainda mais parecido com a pessoa que desejava lembrar. Essa pessoa, porém, não era Juan Perez Lacosta, isso era importante. Ao parar num posto para encher o tanque, seu coração bateu normal. Voltou à estrada, rememorando o plano: vender o jipe, viajar de ônibus até São Paulo e depois prosseguir até Porto Alegre e Paso de los Libres. No Uruguai, tentaria reunir o que restava dos tupamaros. Se fracassasse, descansaria numa fazenda argentina antes de retornar a Cuba, via México.

Cantava uma velha cantiga da guerra civil de Espanha quando pelo espelho lateral viu uma radiopatrulha da polícia. O asfalto acabara ali e o Fuscão subia e descia nos aclives e declives, aparecendo e desaparecendo no espelho. Diminuiu a marcha, com a naturalidade de quem vai dar passagem, enquanto destravava o porta-luvas e retirava o pesado revólver. A radiopatrulha, buzinando, emparelhou-se com o jipe. "Pare", ordenou um policial sentado no banco traseiro. "Vá encostando, André." Juan fez um movimento de cabeça, como se fosse acatar a ordem, mas, fazendo a careta de quem soprasse uma língua-de-sogra numa missa de sétimo dia, descarregou seu canhão. A radiopatrulha ziguezagueou e bateu numa rocha, diante do jipe que se desviou, numa guinada, para não se chocar com ela. Pelo retrovisor, viu um dos policiais, que fora jogado para fora do carro, levantando-se, com sua arma, a atirar repetidas vezes em sua direção.

— Estamos perto — disse Batista diminuindo a velocidade do carro e observando a numeração de uma fileira de casas todas com jardins fronteiros.

— Acho que o alemão vai dar com o nariz na porta — disse Dalila olhando o relógio.

— Ia bater de qualquer jeito. Eu não vou deixar você encontrar com ele.

Dalila como toda pessoa mal-educada orgulhava-se de sua personalidade:

— Só faço o que me dá na telha, Babá. Ninguém manda na titia.

Batista, olhando as plaquetas dos números das casas, estacionou o carro. Mas não saiu. Precisava acertar os ponteiros com **Dalila**. Fez uma cara muito séria, inaugural, pelo menos aquela noite.

— Muita atenção, cabrita, não esqueça o compromisso que tem comigo.

— Que compromisso, compadre?

— Esqueceu das fotos?

— Fotos? Quem é que está pensando em fotos agora?

Batista exigia seriedade:

— Mas você estava de acordo! Nós já íamos para o quarto! Estava tudo certinho. Será que esqueceu? Você já ia tirando tudo!

— Babá, mas você nem sabe se esse cara vai mijar pra trás ou não!

— Lila, este é o fim da trilha para o coleguinha. Vou deixá-lo na casa do Pedro Gomes de qualquer jeito. E não vai ter Hans na parada, não. A gente entrega a mercadoria e vai direto para meu apartamento.

– Babá, é sexta-feira da Paixão!

– Não quero saber. Vou falar com o Pedro, descarrego o rei de Cuba e a gente volta. Faz um ano que estamos nesse chove-não-molha. Agora vou, mas não passe para o banco de trás.

– Por quê?

– Porque não quero. Fique aí mesmo.

Dalila sabia fazer cara de santa, fez. Batista saiu do carro e foi tocar a campainha da casa. Assim que ele entrou, ela esticou o braço e foi enfiando a mão entre as pernas de Juan. Mesmo com os olhos fechados, pareceu reagir.

– Está bom, Juanito? – ela perguntou.

23h20

A mulher de Pedro Gomes, uma senhora duns sessenta anos, pequena, muito clara e bem-apessoada, recebeu o jornalista apreensiva. Certamente o marido não costumava receber visitas àquelas horas. Ficou pálida, desconfiada, e logo quis saber do que se tratava. Batista teve que tranqüilizá-la dizendo que estava de passagem e, esquecendo que era tão tarde, resolvera dar um abraço no velho Gomes.

– Pedro já está deitado, mas vou chamá-lo. Como é mesmo o seu nome?

– Batista. Ele foi meu chefe no jornal durante anos.

– Batista, lembro. Ele falava muito no senhor.

– Nunca mais vi o Pedro.

– Ele se aposentou.

– Foi pena. O jornalismo perdeu um grande nome.

– Mas não podia mesmo trabalhar – lamentou a mulher. – O médico proibiu.

– Está doente?

– Teve dois enfartes. O segundo foi muito feio. Não pode fazer esforço nem sofrer emoções. A última que sofreu foi a formatura do nosso neto. Coitado! Quase teve um colapso.

Batista considerou se um homem com dois enfartes, e que balançava na formatura do netinho, podia resistir ao impacto de que era portador. Ia dizer que não precisava acordá-lo, voltaria outro dia, mas a gentil senhora já se afastava para chamar o marido. Largou-se numa banqueta. O desânimo inicial de Batista virou desespero. O que faria com Lacosta se Gomes tirasse o corpo? Viu-se com Juan no carro, à espera de que morresse, para jogá-lo no Tietê enquanto Dalila em seu apartamento dormia com Hans.

Sentindo a dor de cada minuto, Batista acendeu um cigarro e teve sede. Felizmente Pedro chegou logo vestindo um pijama listado. Abriu amplamente os braços para receber o antigo protegido.

— Ainda há alguém que lembra de mim?

— Muita gente lembra, Gomes.

— Não parece. Desde que aposentei esta é a primeira visita.

— Está com boa cara, Pedro – disse Batista.

— É o prazer de ver o amigo. Mas não estou nada bom. No terceiro enfarte, embarco.

— Tudo aconteceu muito depressa, não? No ano passado ainda estava na ativa.

— No ano passado eu era um enxuto senhor de sessenta e três anos. Hoje sou um velho decrépito de sessenta e quatro. Sente-se, vamos bater um papo.

Batista sentou-se pensando em abrir uma brecha para abordar o assunto.

— Soube que viajou para o exterior.

— Foi antes do primeiro baque. Viajei pelo jornal. Coisa rápida, aqui pela América do Sul.

— Esteve na Bolívia?

— Paraguai, Bolívia, Peru.

— Sucre?

— Sucre, La Paz, Cochabamba...

Estava aberta a brecha. Parou, olhou e chutou:

— Foi em Sucre que encontrou Juan Perez Lacosta?

Batista viu um tijolo cair na cabeça de Gomes.

— Como sabe disso?

— Eu sei.

— Mas não contei nem para meus cunhados! Só minha mulher é que sabe!

— Claro, não é coisa para se espalhar por aí.

Gomes, muito intrigado, arriscou uma pergunta:

— O que lhe disseram mais?

— Que lhe deu meus artigos.

Como se tivesse cometido um pecado, Gomes confessou:

— É verdade. Eu os havia levado na esperança de que algum jornal se interessasse por eles. Foi a melhor coisa que já escreveu, Batista. Você pôs todo seu coração naquilo.

O que menos interessava a Batista naquele momento eram elogios. Cuspia neles.

— Como os entregou a Lacosta?

— Conheci um professor equatoriano a quem mostrei os artigos. O professor leu, interessado, e pediu que aparecesse na noite seguinte num hoteleco onde morava. Um amigo seu talvez os traduzisse. Apareci. Mas desta vez não estava só. Uma pessoa lia apaixonadamente os recortes. Era Lacosta. Nem sabia que estava na Bolívia.

— E então lhe deu meu telefone?

— Vejo que está a par de tudo.

— E estou.

— Juan, quase chorando de emoção, com aquele jeito de garotão, quis que falasse sobre você, depois releu alguns trechos, em voz alta, e no final acabou pedindo seu endereço ou telefone. Disse que um dia lhe agradeceria pessoalmente pelos escritos. E me pediu os artigos.

A bela história não comoveu Batista, ainda indignado.

— Por que não me contou?

— A presença de Mano Juan na Bolívia era segredo. Nem a você, a pedido dele, podia revelá-la. — E franzindo a testa, já enrugada, perguntou realmente intrigado: — Mas como sabe de tudo isso, Batista?

— Alguém me contou.
— Quem?
A pausa e a revelação:
— O próprio Lacosta.
— Então você esteve na Bolívia?
Uma pausa mais grave e a revelação mais aguda:
— Lacosta está em São Paulo.
Gomes pôs a mão no coração para segurar o terceiro enfarte.
— Aqui?
Batista levantou-se, normalmente, foi à janela e empurrou a cortina para o lado.
— Venha aqui, Pedro.
O aposentado obedeceu, mas ficou a olhar para Batista.
— Olha para fora. Vê o carro aí em frente? — Gomes respondeu que sim, mesmo antes de olhar. — Seu amigo Juan Perez Lacosta está dentro dele. E não em viagem de turismo.
— O homem de pijama listado ainda tinha voz:
— Lacosta está aí?
— Graças a você que lhe deu meu telefone.
Gomes saiu da janela, não quis nem olhar. Pensava com certeza em sua aposentadoria.
— Como ele está?
— Morrendo.
Era essa a boa notícia.
— Que houve com ele?
— Foi confundido com um traficante de coca e lhe deram um balaço nas costas.
Pedro ficou desarvorado e começou a tirar o seu da seringa.
— Devia ter procurado um médico, não eu.
— Vim aqui para me indicar um.
O velho jornalista saiu e já no segundo seguinte voltava com um caderno de endereços.
— Pode falar com ele em meu nome. Maurício é uma pessoa em quem se pode confiar. Quer ligar daqui?

— Nada feito, Pedro. Pense noutro.
— Por quê?
— Maurício foi passar a semana santa fora.

Pedro levou o choque, assimilou e jogou o caderno sobre a mesa.

— Mas não conheço outro.

Batista não podia admitir.

— Pense.
— Já disse, não conheço outro.

Uma ordem:

— Sente aí, Pedro. Sente e force a cabeça. Vai ter que lembrar.
— Não adianta, Batista. Os médicos que conheço não se arriscariam.

Batista pressionou-o, esquecendo seus enfartes:

— Preciso sair daqui com um nome.
— Por favor, fale mais baixo, minha mulher pode ouvir — implorou Pedro, começando a desesperar-se. Levou as mãos à cabeça num gesto de telenovela. E parecia estar com a boca seca.
— Por que fui dar a ele seu telefone? Por quê? Por quê? — repetia nas vésperas do choro.
— Mas deu! E agora, o que faço?

Gomes pediu um cigarro a Batista, mas recusou a chama de seu isqueiro. Não podia fumar, o médico não permitia. Estava desarvorado e ficou ainda pior quando o visitante, perdendo a calma, quis aproximá-lo da janela, com certa rudeza, para que visse o carro.

— Ele pode estar morrendo agora, Gomes!
— Eu não tenho culpa, não podia adivinhar que aconteceria isso. Batista, você tem que dar um jeito sozinho. Eu não posso ajudá-lo. Olhe bem para mim. Acha que posso?

Batista fez um ar de desânimo total. Era inútil permanecer ali mais tempo.

— Lacosta precisa agora é dum padre — disse Batista aereamente.

Gomes fixou-o com um clarão no olhar: Batista casualmente lhe dera uma idéia.

— Padre? Aí está a salvação, Batista. Sei onde poderá levar Lacosta. – E já foi pondo a mão na Lista Telefônica. – Conhece frei Sérgio? Você deve conhecer frei Sérgio...

— O que escreve na *Vanguarda Católica?*

— Esse mesmo. É o homem, Batista!

— Não conheço pessoalmente.

— Eu telefono a ele e digo que se trata dum problema urgente. Frei Sérgio é muito politizado. E já refugiou muitos estudantes lá no mosteiro.

Batista não se entusiasmava.

— Mas Lacosta não é um simples estudante.

— Batista, fique descansado. Frei Sérgio vai receber Lacosta. Eu lhe garanto – disse com a maior convicção folheando com os dedos apressados a Lista Telefônica. Batista falava-lhe do estado grave de Juan, mas parecia não ouvir, apenas preocupado em encontrar o número desejado. Quando o encontrou, afinal, parou de tremer. – Está aqui, está aqui. Vou telefonar.

23h40

Dalila retirou a mão elétrica do meio das pernas de Juan quando viu Batista sair, apressado, da casa de Pedro Gomes. Mas não precisou de mais de um segundo para voltar à naturalidade total.

— Vamos nos arrancar daqui — disse Batista entrando no carro e girando a chave do contato.

— Juanito não vai ficar?
— Não.
— Por quê?
— Gomes não gostou do presente.
— Puxa, como tem cagão neste mundo!

Batista pôs o carro em movimento:
— Como vai o rei de Cuba?
— Pra quem tem um buraco nas costas até que está bem. Para onde estamos indo agora?
— Para um mosteiro. Se quiser se confessar não perca a oportunidade.
— O que vamos fazer num mosteiro?
— Tentar uma aliança de última hora com Deus. Se ele recusar, daremos um pulinho no inferno.
— É preciso correr assim?
— Assim, não. Vou correr um pouco mais.

A velocidade do Corcel trazia a Juan a lembrança da corrida desatinada do jipe depois do tiroteio. Os fatos desfilavam em sua memória com a urgência de postes elétricos pela janela dum carro em movimento. Seu primeiro ato consciente foi retirar a peruca e atirar no campo que ladeava a estrada. Fez o mesmo com o *rayban*. Mas o importante era livrar-se do jipe; seria reconhecido a quilômetros de distância naquelas planícies desertas. Não conseguiria lembrar quanto demorou aquela fuga. O tempo sanfonou e viu-se metendo a rural sob um arco de madeira encimado por uma placa amarela "Chácara do Tio Flô". Desceu do carro diante duma casa de alvenaria que tinha um poço ao lado. Ouviu uma voz juvenil, talvez de algum sobrinho do proprietário: "Moço, o senhor tem uma mancha de sangue nas costas". Foi assim que soube que havia sido alvejado. Mas estava com tanta sede que sem dizer nada se dirigiu ao poço.

– Água! Água! – pediu.

O carro estava parado, Dalila sozinha na frente.

– Não pode esperar um pouco?

Juan foi se aproximando do poço sentindo uma forte queimação nas costas e alguma dificuldade para respirar.

– Água!

– O que está fazendo? Quer sair do carro? Juanito, está louco?

Curvou-se sobre o poço e viu a água lá embaixo. Um frescor agradável subiu-lhe até o rosto. O dia estava tão claro que pôde ver sua imagem refletida e logo em seguida a do rapaz da chácara.

– O que o senhor deseja?

– Quer água, Juanito?

– Estou morrendo de sede.

– Pode beber, aí está a concha.

– Há um boteco na esquina. Vou buscar uma mineral. Mas não saia do carro, pelo amor de Deus.

Juan pegou a concha enquanto o moço puxava o balde. Havia um incêndio em seu corpo e tinha a impressão que lançava chamas pela boca como um dragão. Viu o balde subir e a ansiedade disparou-lhe o coração. Segurou firme a concha. O poço era suficiente para saciar-lhe a sede? Por que Dalila demorava para trazer-lhe água? Sentia-se inseguro sozinho dentro do carro. Não tinha mais o revólver como quando entrara na chácara. Até uma criança poderia prendê-lo. Se o moço da chácara dissesse alguma coisa teria que matá-lo. Havia um problema qualquer na roldana e o balde de água ficara no meio do caminho. O jovem chacareiro forçava uma manivela (ou estaria fingindo?) fazendo o balde descer e subir. Precisava negociar o jipe mas não conseguiria falar antes de beber toda a água que pudesse. Ouviu os tacos dos sapatos de Dalila sobre a calçada. Vinha de volta. Entrou no carro e lhe pôs nas mãos um copo plástico de mineral gelada. Agora o balde subia, desembaraçado. Meteu a concha dentro dele. A água derramou-se pelo queixo e pela blusa. Dalila enxugava-o com um lenço perfumado. Levou mais uma concha à boca, mais outra, mais outra.

– Quer outro copo, queridinho?

A água dissolveu o deserto. Era deliciosa como um oásis a chácara de Tio Flô. Ele não era apenas um nome, existia, e estava junto com o sobrinho dando uma olhada no jipe. Juan disse-lhes que aceitaria quanto dessem por ele. Não adiantaria fingir muito. Era evidente que se metera numa encrenca e precisava desfazer-se da rural. Mostrou um documento de propriedade, certamente falso. Deixou-o sobre o capô. Não se mostraram interessados nele mas no estado do jipe. Tio Flô apontou ao sobrinho um furo de bala na carroceria. Ficaram ambos olhando o furo. O moço enfiou o dedo dentro dele e depois olhou as costas de Juan. Tio Flô sacudiu a cabeça negativamente. Seria uma compra perigosa. O sobrinho parecia argumentar na esperança de fazer um negócio da China. O velho mostrava-se irredutível. Foi para o interior da casa não querendo mais conversa, seguido pelo rapaz, que ainda insistia com palavras e gestos. Entraram na casa. Juan agiu depressa: apanhou a valise, a Bíblia, o revólver e os documentos que deixara sobre o capô e correu para fora da chácara com uma energia que supunha ter perdido. Nem olhou para trás. Atravessou a estrada e embrenhou-se num campo de barba-de-bode.

Frei Sérgio, um homem ainda jovem e de fisionomia inteligente, olhava o pátio do mosteiro às escuras pela janela entreaberta. Batista, apreensivo, atrás dele, com as velas acesas e as imagens da sacristia formava uma cena de pura marcação teatral. Como nunca entrara num mosteiro não conseguia manter-se alheio ao ambiente olhando tudo ao redor. Um sacristão mulato entrou duas vezes para executar pequenas tarefas; porém, notando que sua presença perturbava, fechou a porta com um boa-noite.

O religioso demorava-se na mesma posição fazendo jorrar seus temores pelo pátio, premido pela solução urgente que o jornalista reclamava.

– Está certo de que é Mano Juan? – perguntou mais para romper o silêncio.

– Estou, frei.

– Está muito ferido?

Era uma pergunta que ensejava dramatização. Batista aproveitou:

– Gravemente, receio.

– Não é a primeira vez que o ferem gravemente – disse o frei, saindo da janela para um curto passeio pela sacristia.

– Se a bala se encravou num dos pulmões pode ser mortal.

Frei Sérgio sentia-se melhor parado, junto à janela. Voltou a seu antigo posto.

– Quando isso aconteceu?

– Ontem pela manhã.

– Então se tivesse o pulmão perfurado já estaria morto.

– Ele é muito forte.

O frei foi fechar a porta da sacristia e em seguida acendeu um cigarro. Batista fez o mesmo.

— Nesse caso, precisa de médico, não de padre.

— O único médico que conheço, que não se recusaria a cuidar de Lacosta, está viajando. Pedro Gomes também não lembrou de nenhum.

O frei, agora sentado, tragava seu cigarro e pensava.

— Não é uma situação agradável — admitiu.

— Nada agradável, frei. Mano Juan é um nome que assusta.

O frei acreditava mais que ele no ser humano:

— Milhares de pessoas nesta cidade têm bom coração. Mas onde estão elas?

— Acho que foram todas para as praias e os campos neste fim de semana.

O frei atirou o cigarro pela janela, levantou-se e resolveu enfrentar a situação.

— Afinal, por que me procurou?

— Para que faça alguma coisa.

— O que acha que posso fazer? Eu, um frei?

Batista queria que a conversa chegasse àquele ponto e foi claro:

— Pensei em deixar Mano Juan com o senhor.

— Aqui no mosteiro?

Posta em palavras a idéia pareceu absurda inclusive a Batista, mas prosseguiu em tom desesperado:

— Aqui ou em qualquer lugar. O que não podemos é permitir que morra em nossas mãos.

— Eu não tenho outro lugar. Minha vida é no mosteiro.

Batista olhou para o pátio, com um movimento circular de braço, querendo dizer que o mosteiro era um mundo, tinha espaço de sobra para esconder um único homem.

— Não há melhor lugar que este para Lacosta ficar.

A constatação foi logo rebatida:

— Pensa que todos aqui rezam pela minha cartilha? Está enganado. A maior parte dos padres não participa da política. Sou a ovelha negra daqui.

Batista lembrou duma informação de Gomes; apegou-se a ela.

— Mas o mosteiro já refugiou algumas pessoas.

— Estudantes, depois dos conflitos duma passeata.

— Então...

— Eram simples peões do tabuleiro. Uns rapazes exaltados com vagas idéias de liberdade. Não se chamavam Juan Perez Lacosta. Acolher um guerrilheiro aqui seria uma afronta direta ao Estado. Não somos tão fortes para isso.

Faltava um argumento:

— Ninguém sabe que está no Brasil. Foi baleado porque o confundiram com um traficante de drogas.

— Mas vão saber logo — redargüiu o frei. — Esconder Lacosta é tão difícil como esconder um tufão. Esperava demasiado de mim, meu amigo.

Batista foi à janela e olhou na direção do muro. Havia a possibilidade de chantagem emocional.

— Pobre Mano Juan. Talvez já esteja morrendo dentro do carro.

Frei Sérgio estava sereno, pensando em soluções sensatas. Pôs a mão formalmente no ombro do jornalista.

— Ele precisa ser internado já.

— Internado? Não, seria um grande risco. Se for reconhecido será extraditado para a Bolívia e certamente fuzilado.

— Ele trouxe documentos?

— Sim, em nome de Ricardo Uradi.

— Então, arrisque! Você não o conhece. Passava pela rua quando viu um homem ferido. Vítima duma agressão ou assalto. O que fez? Levou-o a um hospital. Faça isso!

Batista não se moveu do lugar.

— Não posso, frei.

— Mesmo para morrer um hospital é o melhor lugar.

— Não, não é nele que estou pensando — rebateu. — Também tenho uma pele, frei. Não é das mais bonitas mas me tem servido até aqui.

— O que está querendo dizer?

Batista abriu e ergueu os braços como se o religioso lhe apontasse um revólver.

— Se descobrirem que Uradi é Lacosta estou frito. Escrevi uma série de doze artigos sobre ele. Não vão acreditar que o encontrei por acaso na rua.

O frei tentou contornar a dificuldade, assim:

— Então outra pessoa pode levar Lacosta em seu lugar.

O jornalista sorriu ao ver a bola sete entrar na caçapa.

— E parece que estou diante dela, frei. Ninguém duvidaria do gesto humanitário de um religioso.

Houve a pausa que Batista esperava, mas não suficientemente longa. Uma idéia como aquela não podia criar limbo.

— O senhor é suspeito, não? Mas eu também sou. Se é leitor da *Vanguarda Católica* bem sabe disso. Mas esse não é o fato. O fato é que eu seria chamado de traidor... Um simpatizante de Lacosta que o entregou à polícia. Talvez não fosse para a cadeia, mas jamais me livraria dessa pecha. Isto é o que iria acontecer. Ninguém confia muito nos padres quando eles se afastam alguns passos do altar.

Batista começou a sentir o mesmo desespero que o assaltara na casa de Gomes. Esqueceu que estava numa sacristia e soltou a voz.

— Então, o que devo fazer? Largar ele num terreno baldio e cair fora? Por que não? Talvez seja isso mesmo o certo. Abandoná-lo em qualquer lugar. Deixar que sangre por aí. O que podia fazer já fiz.

O frei usou outra vez a mão no ombro para tatear um caminho. Pensando depressa, perguntou:

— Ele pode andar?

— Andou um pouco quando o tirei de meu apartamento.

— Acha que ainda conseguirá?

— É possível.

O frei já tinha o ponto final da conversa:

— Então não precisa aparecer. Pare nas proximidades dum

hospital e mande-o seguir sozinho. Não vão fazer muitas perguntas a um moribundo.

Batista estendeu a mão ao frei. Era uma solução simples e perigosa, mas a única. Saiu a toda pressa do mosteiro.

00h15

Quando Batista entrou no carro Mano Juan segurava um cigarro entre os lábios. Admirou-se.

— Ele está fumando?

— Quis um pouco de água — disse Dalila mostrando o copo plástico vazio. — E agora pediu um cigarro.

— Talvez queira uma pizza. Vamos levá-lo ao Gigetto?

Dalila, voltando-se para trás, tirou-lhe o cigarro da boca.

— Já fumou bastante, amoreco.

— Não gosta dos nossos? Deve estar acostumado com os quebra-peitos bolivianos.

Dalila pôs na boca o cigarro que Juan fumara.

— Como é, ele vai para o mosteiro?

— Não, a lotação está esgotada. Pancho Vila, Zapata, Juarez estão todos aí. Não dá pé pra mais um.

— O que foi, não querem o Juanito?

— Não, acho que Juanito vai ter que dormir no Hilton Hotel. Lugar digno do rei de Cuba.

— Mas você não disse que ele ia ficar aí, porra!

— Ele ia, sim, mas antes terá que trazer sua coleção de santinhos.

— Sabe o que vamos fazer? Levar ele para meu apartamento. Toque o bonde.

— E a bala, como você tira, com seu estojo de fazer unhas?

— Meu babalaô resolve.

— Juanito é ateu.

— Eu tenho fé pra nós dois.

Batista calculou qual seria o hospital mais próximo, decidiu-se por um e perguntou a Dalila:

— Será que o artista é capaz de andar uns vinte metros?

— Por quê?

— Perguntei: é?

— Acho que é. Mas por quê?

— O frei lá dentro me deu uma dica.

— Que dica?

— Vamos internar ele, cabrita, mas terá que caminhar até a portaria do hospital sozinho pra não complicar a gente. Basta dizer que foi assaltado.

— Acha que cola?

— Cola.

— Fale com ele, então. Está melhorzinho, vai entender.

Batista virou o corpo para o banco traseiro:

— Tiene forças, muchacho?

Juan dilatou os lábios tentando um sorriso.

— Você vai ter que andar um pouco. Vinte ou trinta metros. Mas sozinho... Vai se internar num hospital. Se perguntarem o que aconteceu, diga que alguém lhe deu um tiro para roubar... Ah, é melhor não levar o dinheiro boliviano. Dalila, pegue a carteira dele.

Dalila estendeu o braço para pegar a carteira do bolso interno do paletó de Juan, mas ele, num movimento instintivo, travou-lhe a mão forçando-a contra seu corpo.

— Ele não quer deixar, Babá.

— Vamos lhe tirar só o dinheiro boliviano, Juan. É para que não saibam donde você veio.

— Não — ele disse com cara e voz agressivas.

— Que é isso, Juanito? Depois a gente vai visitar você. Gosta de maçãs? — disse Dalila.

— Não — repetiu Lacosta olhando desdenhosamente para Batista.

O jornalista viu Dalila retirar sua mão do bolso de Juan, conformada. Ficou indignado. A situação de Lacosta não lhe dava nenhuma vantagem para resistir às suas decisões.

— Procure entender — começou Batista. — Não conheço nenhum médico que possa extrair essa bala. As pessoas que procurei não podem fazer nada por você. Ninguém tem vontade de arriscar a pele, Juan. E se não for socorrido já acabará morrendo. O jeito é o hospital.

— É para seu próprio bem, queridinho — acrescentou Dalila.

— Vamos deixá-lo na porta de um. Vai precisar de chapas, sangue, soro e tudo mais. E não terá que explicar nada. Alguém lhe deu um tiro nas costas para roubá-lo. Isso acontece às dezenas todas as noites. Entendeu direito?

Não obtendo resposta, Batista endireitou-se no banco para pôr o carro em movimento. O resto foi som: barulho de porta que se abria, batida de porta, grito de Dalila, passos na rua, e ruído de outra porta. Juan se mandara e Dalila atrás dele. Batista a deteve com mão de gancho.

— Aonde vai?

— Atrás dele!

— Lila, esse cara está dando muito trabalho.

— Ele não pode andar assim pela rua.

— Dalila, ainda vamos em cana por causa dele.

— Quer me soltar, por favor?

— Se ele não quer ir pro hospital, o que vou fazer?

— Caia fora, então. Eu cuido dele — bradou Dalila livrando-se da garra de Batista e correndo pela rua a chamá-lo como quem perdeu seu cachorrinho.

Dentro do carro, Batista hesitava. Se Dalila não estivesse lá deixaria Lacosta ir embora. Era maior de idade. E quase tomava essa decisão, apesar da figurante, se não visse pelo retrovisor um guarda-noturno pedalando morosamente sua bicicleta. Ligou o motor e dobrou a esquina. Passou logo por Dalila que corria e chamava por Juanito. O moribundo ia muito à frente, com passadas largas e fôlego de rinoceronte. Batista ultrapassou-o, brecou o carro e saiu com os braços bem abertos como um jogador de basquete que bloqueasse a passagem do adversário.

– Volte pro carro, Juan. Está tudo certo. Você manda.

Segurou Lacosta mas ele resistia ao comando. Felizmente, batendo os saltos dos sapatos como uma castanhola, Dalila apareceu em cena. Na corrida um dos seios saltara para fora.

– Vamos Juanito – disse. – Ninguém vai para o hospital. Vou levar você para meu apartamento.

– Explique pra ele o que é um babalaô – pediu Batista, irritado.

– Você não vai fazer mais sujeira com ele – disse Dalila, totalmente do lado de Juan.

– Salvar uma vida é fazer sujeira?

– Se ele não quer ser internado deve saber bem por quê.

– Veja se ele entra no carro. Tem um guarda de bicicleta rondando por aí.

Para Dalila a tarefa foi fácil. Com carinhos maternais conduziu e ajeitou Juan no banco traseiro. Batista, na posição de vilão, sentou-se ao volante. Olhou para Dalila em desafio.

– Quer mesmo que lhe passe o bastão?

– Pode passar.

– É uma pena você perder aquelas fotos.

– Meta elas no rabo.

Batista engatou a primeira e saiu de arranque. Durante alguns minutos ninguém disse bulhufas, mas Dalila, toda acesa e lançando sorrisinhos a Juan, acabou estranhando o trajeto.

– Eh, meu apartamento não é por aí!

– De fato não é.

– Vire à esquerda.

– Não, vou virar à direita.

– Eh, onde estamos indo?

— Para uma festinha.

Dalila não confiava mais em Batista:

— Que festinha?

— Acho que você e o rei de Cuba devem ser apresentados a uma ala da respeitável sociedade paulistana.

— Que ala? Que sociedade?

— Grã-finos, belezoca. Talvez você consiga marcar uns bons michês. Às vezes a gente lucra na companhia deles.

— Faça o balão e volte.

— Dalila, não seria educado levar Juanito a seu apartamento antes de apresentá-lo a pessoas importantes. Ninguém deve se manter incógnito depois da meia-noite. Como nos bailes de máscara!

— Você está preparando alguma ursada?

— Oh, nada disso... Estou apenas levando Juanito a uma pessoa que quis me pagar os tubos para entrevistá-lo na Bolívia. Alguém que realmente dá a ele a importância que tem. Talvez ele queira colocar Juanito numa jaula e vender ingressos, faturá-lo na base do King Kong, entendeu?

— Não entendi nada.

— Não? Isso é adorável.

— Qual é essa de King Kong?

— Loureiro é um cara muito prático e a prova disso é sua fortuna. E é a ele que vou passar o bastão. E depois disso vamos ter nosso fim de festa.

— Babá, que idéia maluca é essa? Juanito não pode ir mais a lugar algum.

— Loureiro vai reunir uma equipe de médicos para cuidar dele. Acho que estive perdendo tempo até agora.

— É um amigo seu?

— Não é bem amigo, mas vai ficar.

— Todos os seus amigos mijaram pra trás.

— Esse vai mijar pra frente.

— Ouça bem, Babá. Se houver mancada Juanito vai ficar comigo. Chega de bancar peteca.
— Como ele está?
— Fechou os olhos, deve estar dormindo.

O esforço que Juan fez para sair do carro e caminhar pela rua o deixou vazio como um cartucho usado de pólvora. Abandonou-se todo no banco, voltando a suar. Do outro lado do silêncio ouvia as vozes do jornalista e da moça chamada Dalila. O mesmo cansaço sentido ao atravessar o infinito campo de barbas-de-bode ao fugir da chácara de tio Flô. Torrado pelo sol, parou para urinar. Depois abriu a valise e retirou o jaleco. O blusão estava muito manchado de sangue. Mais além encontrou um charco onde emborcou a valise com o blusão, a Bíblia e o falso documento do carro. Agora só conservava o revólver, o passaporte, a agenda e dois maços de cigarros bolivianos. Prosseguiu a marcha com a sensação de que desbravava a superfície inútil dum planeta desabitado. Mas havia vida, ali, sim, além da vegetação: uma rica variedade de insetos acompanhava o invasor sem piedade das partes descobertas de seu corpo. Golpeando o ar com as mãos, para afastá-los, caminhava numa impecável e obsessiva linha reta. Apenas desviou-se um pouco, à esquerda, ao topar com a carcaça dum cavalo, contornada com mal-estar. A visão branca daquele esqueleto, que nem aos insetos interessava, deprimiu-o. A dor nas costas voltou com maior intensidade. Apertou imperceptivelmente o passo: aquele seria o lugar mais triste para morrer. Por um momento preferiu que a polícia o alcançasse e prendesse. Lembrou de Martin. Naquele campo abrasado não encontraria um amigo que lhe emprestasse sua sombra. Como se perseguido por um enxame de abelhas, correu o mais que pôde, primeiro ereto, depois curvado, como um jogador de rúgbi que segurasse na altura do estômago a preciosa bola oval. Um alfinete furou o balão de borracha: sua energia foi escapando e em *slow motion* caiu lentamente sobre os tufos secos e duros das gramíneas. Sonhou que um disco voador pousava numa clareira. Alguns homens altos e loiros, como nórdicos, vestindo roupa aluminizada, desceram e o carregaram com naturalidade para o interior da nave. "Sou Juan Perez Lacosta", ele disse, em tom de confissão, mas os tripulantes não lhe deram atenção, preocupados com o instrumental do "objeto desconhecido". Quando o disco levantou vôo, viu o carro do jornalista dirigido a toda velocidade.

00h50

Apesar de ser dia santificado havia o *open house* habitual na bela casa de quase meio quarteirão do Gama Loureiro. As luzes do jardim estavam acesas, as janelas do grande living escancaradas e os carrões dos amigos estacionados. Dalila espiou pela janela do Corcel e sentiu o respeitoso deslumbramento que sempre acomete os pobres diante das mansões dos ricos.

– É aí que a gente vai?

– Espero que o rei de Cuba esteja em condições de dançar.

Em seguida Batista combinou com Dalila que entraria sozinho para sondar o ambiente e as possibilidades. Prometendo não demorar, Batista penetrou pelo imenso portão de ferro e foi se dirigindo à ala de serviço, nos fundos, que um ano de relacionamento com o industrial lhe permitia freqüentar. Precisava de um quarto vago para deixar a encomenda. Loureiro ia recebê-la em domicílio, o que seria uma desforra. Passou por um garçom que carregava um pedaço do Pólo Norte numa bandeja, deu um tapa na bunda de Olívia, a cozinheira, intimidade só concedida aos amigos do peito e cupinchas de primeira categoria, e seguiu pelo corredor onde encontrou uma das arrumadeiras.

– Preciso dum favorzinho, Olga. Um amigo meu está de pilequinho e tenho que lhe arranjar um berço.

– Aquele segundo é um quarto de hóspedes. Não tem ninguém.

– Jóia! – exclamou Batista passando-lhe uma cala-boca. – Mas não diga ao patrão que cheguei. O segundo, você disse?

Voltando ao carro, Batista lembrava do interesse que há meses Loureiro demonstrara em conseguir uma entrevista com Mano Juan. Gostava de botar um pé em cada canoa e achava que o furo de reportagem aumentaria seu cartaz de industrial nacionalista sem compromissos com cartéis estrangeiros. Batista, que já escrevera uma série de artigos sobre Lacosta, era o homem indicado para realizar a tarefa. Pagaria todas as despesas. Ambos, com muito Chivas no caco, se entusiasmaram pela idéia. Mas, no dia seguinte, um contra-ressaca livrou o jornalista da dor de cabeça, do mau hálito e do sonho de entrevistar Lacosta. Além do mais, gamara por Dalila e no lugar das florestas bolivianas sua ambição reduziu-se nos pentelhos da figurante. Loureiro, que nunca brincava, por mais bêbado que estivesse, não o perdoou. E desde então começaram a circular no ambiente mil pilhérias sobre a fracassada entrevista, queimando a imagem de Batista no restrito círculo dos amigos e puxa-sacos do grã-fino.

– O caminho está livre – disse Batista a Dalila. – Vamos levar o rei. Arranjei um quartinho pra ele encostar.

– Ele está sangrando, Babá.

– Enquanto converso com o Loureiro, troque o curativo. A empregada arranja o material.

Ladeado por Batista e Dalila, que o seguravam fortemente pelos braços, Juan foi trocando as pernas e transpondo o portão. A conselho de sua protetora, respirava com força. O cheiro vegetal do jardim animou-o. Via luzes, arbustos e pessoas mas não sabia onde estava.

A empregada que indicara o quarto a Batista antecipou-se para recebê-los.

– Eu disse para não abusar da vodca – explicou-lhe Batista. – O pior é que ele deu uma topada na canela e está sangrando. Poderia nos arranjar gaze, algodão e esparadrapo?

– Posso fazer o curativo também – ofereceu-se a serviçal.

– Não é preciso. Esta moça é uma enfermeira de mão cheia. Trabalhou com o Dr. Zerbini.

Seguiram pelo corredor enquanto Olga abria a porta do quarto e acendia a luz. Dalila foi tirando o paletó de Juan e ajeitando-o na cama. A serviçal retirou-se.

– Assim que ela trouxer o material, feche a porta a chave – ordenou Batista. – E não abra pra ninguém. Eu darei três batidinhas seguidas. É melhor deixar só o abajur aceso, assim ninguém vem atrapalhar.

Dalila viu uma garrafa sobre o móvel.

– Conhaque! Acho que uma dose faria bem pra ele.

– Pode ser. Se eu estivesse morrendo também gostaria de tomar algo.

Juan abriu os olhos e viu a imagem da moça desfocada e balançante, uma figura aquática, de fundo de piscina, com reflexos esverdeados. Ainda não sabia onde estava mas concentrava-se para recobrar a consciência. As bordas dum copo colorido aproximaram-se de seus lábios.

– Beba, queridinho, é conhaque do bom.

O esforço que fazia para manter-se acordado e lúcido igualava-se ao da longa marcha depois da fuga da chácara. Já atingia uma estreita faixa de terra batida quando viu uma radiopatrulha circulando morosamente. Havia ali uma olaria abandonada e uma enorme tubulação que Deus colocara lá para que pudesse esconder-se atrás.

A radiopatrulha parou e desceram três policiais fardados que se puseram a olhar dum lado e de outro. Chegou a ouvir bem clara a voz de um deles. Tio Flô certamente dera a pista de André Molina. Espiando pela abertura em curva da tubulação, como se fosse um vídeo de vinte e quatro polegadas, viu um dos guardas subir no estribo da radiopatrulha para obter uma visão panorâmica dos campos. Outro guarda, gorducho e muito vermelho, caminhou até a olaria abandonada empunhando um revólver. Felizmente não traziam um pastor alemão. Voltaram os três para o carro, conversaram mais um pouco, e partiram. Quando perdeu a radiopatrulha de vista, seguiu até a olaria, onde passou a noite. Não dormiu por causa das dores nas costas e porque o entretera ver tantas estrelas cadentes.

Seu corpo foi percorrido de ponta a ponta por uma onda quente e estimulante. Devia ser a bebida. Subitamente sentiu-se bastante sensível e desperto. O que supunha ser a morte talvez não passasse de sono. Estava deitado numa cama fresca e bem arrumada e olhava o teto baixo de um quarto. Uma música moderna soava muito distante. No alto, em seu ângulo visual, surgiu o rosto da moça de Batista que lhe sorria com intenções além da mera cordialidade. Baixou o olhar e descobriu que ela vestia somente o sutiã. Na mão segurava sua própria calcinha, preta, que lhe tocou na boca e no queixo para enxugar o conhaque escorrido. O contato macio e com perfumes vários perturbou-o. Depois, com uma decisão calculada, desatou-lhe a fivela do cinto e baixou-lhe a calça até a altura dos joelhos.

– A porta está fechada a chave – disse a moça num tom que não admitia dúvida e, baixando a cabeça, num mergulho de peixe, começou a beijar e a passar a língua ávida em seu sexo.

Juan cerrou os olhos como se a cena o envergonhasse, mas abriu-os outra vez ao notar que ela subia na cama, com as pernas bem abertas, como se esperançosa com os primeiros resultados. Procurou lembrar de todas as mulheres que já possuíra, nas mais raras ou imprevistas circunstâncias, vendo-a movimentar-se sobre ele com uma fúria biônica capaz de conduzir até uma múmia ao orgasmo.

Reimprimindo um sorriso em diagonal de quem tem o curinga na manga do paletó, Batista segurava uma taça de champanha, a bebida da euforia e da revanche. Havia muita gente no living, onde o Loureiro, muito alto e elegantérrimo, pontificava em sua vitoriosa maturidade. Os cupinchas e bobos do rei habituais estavam a seu redor rindo de uma pilhéria, provavelmente de barbas brancas, que o grã-fino acabara de dizer. Colocou-se em linha reta diante de Loureiro, mas ele, tão ocupado consigo mesmo, não o via. Os que passavam por Batista o ignoravam, o que era normal para quem fora incluído na lista negra. Na segunda taça, imaginando que Dalila já trocara o curativo de Juan, acercou-se do dono da casa.

— Olá, Loureiro! — O "olá" de resposta foi o mais frio e breve que já recebera. — Preciso falar com você.

— Agora?

— Não, já.

Loureiro não gostou da imposição.

— Pois vai ter que esperar, Batista.

— É sobre a reportagem.

— Que reportagem?

— Mano Juan.

— Ah, assunto liquidado, Batista. Esqueça.

— Agora não dá mais para esquecer.

— O quê?

— Disse que não dá mais para esquecer.

— Está chegando gente — observou Loureiro.

Batista atreveu-se a segurá-lo pelo braço.

— Eu trouxe a reportagem.

Apesar da seriedade vocal de Batista, Loureiro não dava importância.

— Veja, a Rossana está aí!

— Ela vai ter que esperar — lamentou como um radioator que dublasse Humphrey Bogart. — Trouxe a reportagem.

— Sem ter ido à Bolívia?

— Não precisei ir.

— Entendo. Você fajutou a matéria. Não quero ler nada agora, Batista.

— Não vai precisar ler. Você vai ver.

— Quantas taças você já bebeu?

— Quer me acompanhar? É logo ali num dos quartos dos fundos.

Loureiro irritou-se:

— Não posso perder tempo com você, Batista. — E fez sinal a uma atriz que entrava escoltada por dois cupinchas. — Já estou indo, Rossana!

— Venha comigo.

— Quer tirar discretamente a mão de meu braço?

— Juan Perez Lacosta está aqui, Loureiro.

Loureiro ficou na linha divisória entre a descrença e o crédito.

— Aqui em São Paulo?

— Em sua casa.

Juan já estava vestido e sentado na cama vendo Dalila diante dum espelho oval ajeitar os cabelos. Ele sentia-se como um colegial que acabara de possuir a professora no Dia da Pátria. Dalila portava-se com naturalidade, mas ao notar o embaraço do herói deu-lhe bons conselhos.

— Eh, Juanito, desmanche essa cara. Nós não traímos ninguém. Babá não é meu amante. É apenas um cricri que quer andar comigo na marra. Depois não fizemos nada de anormal. Cama existe pra isso, não? — Fez uma pausa e lembrou: — Oh, esqueci do curativo!

Ia mexer-se para apanhar o material que a serviçal trouxera quando bateram na porta três vezes. Abriu-a. Batista entrou acompanhado dum cinqüentão muito bem vestido que, sem cumprimentá-la, aproximou-se de Lacosta como quem examina no museu uma ceroula que pertenceu ao padre José de Anchieta.

— Ele está ferido — informou Batista. — Levou um tiro na fronteira. Foi confundido com um contrabandista de coca, um tal André Molina.

Loureiro não parecia interessado em detalhes. Continuava examinando a peça rara sem reações perceptíveis. Juan também o olhava, com muita firmeza, evidenciando nenhuma simpatia pelo dono da casa. Uma desconfiança instintiva, felina, de bote armado. Um leão e um tigre, cara a cara, com a diferença que o tigre estava enjaulado e o leão não.

— Quem é você? — perguntou Loureiro, afinal.

Lacosta não respondeu, mas Batista deu a sua fala.

— Não está vendo que é Mano Juan?

— Perguntei a ele — silabou o miliardário sem retirar os olhos de Juan.

— Diga pra ele quem você é — ordenou Dalila na voz certa de quem se dirige a uma criança que se recusa a pronunciar seu nome numa festinha de aniversário.

O jornalista aproximou-se e bateu-lhe no ombro como se entendesse de marionetes.

— Pode se abrir, Juan. Ele é de confiança. Vai ajudar você.

Lacosta hesitou ainda alguns segundos, mas acabou atendendo ao pedido e com indisfarçável orgulho.

— Sou Juan Perez Lacosta.

Dalila deu um tapa atrevido no braço do ricaço.

— Viu? — exclamou e repetiu a figurante: — Viu? — como se ele tivesse dito: Sou Alain Delon.

Nem assim Loureiro mudou de cara. Escolhera aquela e conservava-a. Indagou com voz de guarda de trânsito:

— Tem documentos?

Batista traduziu num berro sua indignação:

— Documentos? Acha que ele viria da Bolívia com certidão de nascimento, carteira de identidade, retratinho e tudo mais? Tem um passaporte falso. Quer ver? Juan pode mostrar.

— Não é preciso — disse Loureiro.

— Bem, agora temos que fazer alguma coisa. Lacosta não está nada bem. E o médico que poderia cuidar dele viajou por causa dos feriados. Acho que você pode arranjar outro entre seus amigos. Talvez nem precise dizer quem ele é. E, assim que estiver restabelecido, ele se manda para o sul. Mas, antes disso, nos concede a entrevista para você negociar depois.

Loureiro ouvia sem comentários.

— Volto num minuto — disse.

Ao ouvi-lo, Lacosta mexeu-se e Dalila protestou:

– Aonde vai, alteza?

– Ele volta – tranqüilizou Batista vendo Loureiro sair do quarto.

Como se não tivesse perdido um dedal de sangue, Juan pôs-se de pé e em poucos passos alcançou a porta. O apavorado Batista deteve-o. Com braços de mola, o guerrilheiro empurrou-o e teria ganho o corredor se Dalila não o segurasse com mais eficiência que Batista. Abraçando-o e beijando-o na boca com restos evidentes da intimidade anterior, dominou-o e levou-o de volta à cama.

Batista diante daquela bem-rodada cena do cinema nacional, ficou cabreiro e começou a lançar olhares de pesquisa ao redor e acabou encontrando o que procurava ou o que supunha encontrar: o material de curativo trazido pela empregada. Pegou-o com dois dedos em pinça como se fosse um preservativo usado.

– Você não trocou o curativo?

Dalila era puta velha, mas desconcertou:

– O quê?

– Que diabos estiveram fazendo enquanto eu dobrava o Loureiro?

– Nós? O que podíamos fazer? Coitado do Juanito...

– Ele está me parecendo muito bem de saúde.

– Juanito dormiu – garantiu ela. – Não dormiu, Juanito?

– Não vou engolir essa.

Dalila deu uma saracoteada na direção dele, argumentando com o corpo.

– Não é hora de ciuminho, Babá. – E como conhecia o número do segredo da cuca de Batista arrematou na marca do pênalti. – Eu não ia fazer nada sabendo que daqui nós dois vamos a seu apartamento. Acha que ia, Babá?

A visão dos dois em seu apartamento foi o suficiente para amansar Batista, que resolveu deixar a bronca para mais tarde.

– Então não vai esperar o Hans?

— Ora, a esta altura do campeonato o alemão sifu!

A porta abriu-se e na postura de sempre Loureiro entrou trazendo um jornal.

— Quer ler isso?

— Isso o quê? — perguntou Batista, farejando mancada. Mas pegou o jornal.

— Embaixo, à esquerda — indicou o dono da casa, já com o ar vitorioso e frio dum enxadrista tarimbado. — Leia em voz alta para todos ouvirem.

Batista baixou os olhos e leu o título com voz metálica de locutor de alto-falantes:

— "Juan Perez Lacosta comanda guerrilhas na Venezuela". Isso é um absurdo!

— Pode ler o resto, eu espero — disse Loureiro.

Batista apenas passou os olhos na notícia que nada acrescentava além do título. Mano Juan havia escapado dos *rangers* na Bolívia e atravessando o Peru, o Equador e a Colômbia chegara à Venezuela, provavelmente vestido de mulher.

— É uma notícia sem fundamento.

— Você não leu tudo, Batista. Aí diz também que ontem ele deu uma entrevista em teipe pela televisão venezuelana.

Batista soltou uma risada soturna.

— Alguém está enganando os venezuelanos!

— Não insista, por favor.

— Então não acredita que este homem é Juan Perez Lacosta?

— Daria um bom sósia, mas não é.

— Olha bem pra ele, Loureiro, olha bem.

— Já olhei: não é Lacosta.

— Você se engana porque não está de blusão nem de boina.

— Não é Lacosta.

— Mas o que você queria, que trouxesse uma Molotov no bolso para provar a identidade?

Loureiro deu alguns passos na direção da porta.

— Eu sei e você sabe quem ele é, Batista. É o tal André Molina. A notícia também está no jornal.

— Isso é o que a polícia pensa.

Loureiro não queria discutir, tinha que fazer sala a seus visitantes.

— Saiam pela porta dos fundos — disse. — Não avisarei a polícia se não me derem trabalho.

Antes que ele pusesse o pé fora do quarto, Dalila não agüentou e disse um palavrão. Foi até o corredor e repetiu-o, mais alto, para que ecoasse em todo o living. Batista ergueu Juan pelo braço para que saíssem de lá a todo vapor. Conhecia o apetite de Dalila para escândalos. Enquanto escapavam pelos fundos, diante de garçons e empregados atônitos, Dalila prosseguia seu bombardeio. "Puta que pariu" era a expressão mais respeitosa de seu inesgotável repertório. Quando chegaram ao jardim, ela ainda lançava suas granadas. Um casal burguesíssimo que entrava estacou e saiu outra vez pelo portão. Batista mandava-a calar a boca, mas era inútil. O último palavrão foi lançado do interior do carro e penetrou por uma das janelas abertas. Neste ponto quase todos os convidados saíam para o jardim e entre os arbustos se via o Loureiro apressando-se em dar explicações.

— Adeus estoque de Chivas Regal! — exclamou Batista.

— Ande um pouco mais e depois pare o carro — disse Dalila. — A mamãe é viva. Abafei a garrafa de conhaque. Está aqui na bolsa.

— A primeira boa idéia que você teve hoje.

— Notei que conhaque faz bem pro Juanito. Veja como ele ficou corado!

— Pensei que tivesse ficado corado por outra coisa.

1h40

Num segundo muita coisa podia acontecer na mente de Juan. A energia que o conhaque lhe dera Dalila tirara. Ao voltar para o aconchego do carro fechou os olhos e deixou que o passado rodasse ao encontro do presente. Ouvia as vozes de Batista e da moça vindas dum túnel ou duma câmera de eco. Mas atrás da realidade era dia. Seguia pela estrada tortuosa que não sabia para onde levava. Não tinha bússola nem mapa, só intuição. Depois de meia hora de marcha cruzou com dois meninos descalços, filhos da miséria da região, que o olharam com uma curiosidade que logo se diluiu. Um jovem negro, pedalando uma bicicleta como um boneco de engonço, ultrapassou-o e acenou com ironia ao pedestre. As costas estavam doendo e ardendo mas não podia parar. Já soltava a língua, de gravata vermelha, quando ouviu o trotar dum cavalo. Olhou para trás e viu um japonês pilotando altivamente uma charrete. Retirou do bolso a nota de valor mais alto e exibiu-a com um sorriso de compadre ao nipônico. Saltou para a boléia com a satisfação dum beduíno perdido no deserto que apanhasse uma carona num camelo. Puxou conversa no seu portunhol. Mas o bom charreteiro apenas sorria ilustrando alegremente a pobreza de seu vocabulário. Juan observou com encantamento a carga que levavam: ovos, ovos muito grandes e muito brancos, desses que orgulham qualquer granjeiro. A granja de seu tio em Rosário produzia ovos iguais. Passara a infância cuidando das galinhas e duas vezes por semana acompanhava o tio ao mercado. O tio tinha uma carrocinha e quando as coisas melhoraram comprou uma camioneta. Aprendeu a dirigir depressa porque quando iam vender os ovos o tio às vezes tomava um pileque num dos botecos da cidade e tornava-se um perigo na direção. Dirigir a camioneta fora a proeza mais importante de sua juventude. Muitos anos depois, já na faculdade, tendo seu tio falecido, voltou à granja para rever. Rever tudo. Sempre se encontra apenas um vazio quando se retorna. Encontrou a camioneta, enferrujada e inútil, encostada num barracão. Foi como ver o esqueleto do passado que, torturado pela saudade, saltara da sepultura. Ao sair do barracão dois policiais o aguardavam com suas metralhadoras portáteis. Foi sua primeira prisão.

O japonês pegou um dos ovos, escolhido entre os maiores, e presenteou Juan.

– Arigatô – disse o passageiro, levando o ovo ao ouvido como se faz com as conchas marítimas. Depois, guardou-o com cuidado no bolso transversal do jaleco.

Algum tempo depois, o passeio matinal de charrete chegava ao fim. O nipônico apontou uma construção amarela onde estacionavam veículos de tração animal e a motor. O mercado, lá ia vender sua mercadoria. Juan saltou, despediu-se do granjeiro com um aceno e seguiu por uma alameda de eucaliptos. Ao chegar a uma pequena praça, onde havia um coreto, parou diante duma banca modesta de jornais. Num deles havia uma notícia dominante: ANDRÉ MOLINA, TRAFICANTE DE ENTORPECENTES, CAÇADO EM TODO O ESTADO. DOIS POLICIAIS MORTOS EM TIROTEIO.

Batista parou o carro alguns quarteirões além da mansão de Loureiro. Bronqueada, Dalila precisava duma dose e ele também. Ela virou a garrafa, que era pequena e bojuda, e passou-a para Batista. Depois, repetiram mais demoradamente o cerimonial etílico. O jornalista bafejou até embaçar o pára-brisa.

– O rei de Cuba gostou disso?

— Eu lhe dei um gole.

— Conte agora o que vocês fizeram.

— Não fizemos nada, malandro.

— Pensa que engoli aquela? Você teve tempo de sobra para fazer o curativo. E ele estava bem acordado quando voltei. Conte. O que vocês fizeram?

— Não encuque coisas, Babá. Tire esses grilos da cabeça!

— Que grilos? Não sou o loque que imagina. Você me passou pra trás nas minhas barbas.

— Pare com essa cascata, Babá. Juanito pode ouvir.

— Está dormindo. Mas, se quiser ouvir, que ouça.

— Bem, o que quer saber, xará?

— Você trepou com ele? Diga, pode dizer!

Dalila pegou a garrafa, tomou mais um trago no gargalo, e decidiu se abrir duma vez:

— Quer mesmo que eu diga? Pois digo: trepamos, sim.

Batista quis lhe dar uma chance:

— Isso é verdade ou quer apenas me encher o saco?

— É verdade, estou dizendo.

— Com ele nesse estado? Perdendo sangue?

— Eu fui por cima – explicou Dalila. – Ele só endureceu e eu fiz o resto. Tá informado, agora?

Batista desfechou-lhe uma bofetada no rosto, que soou como o choque de dois pratos de bateria! Um grande momento na carreira de Gene Krupa. Houve então uma pausa na base de "o que vai acontecer agora". O jornalista ficou com medo da reação que Dalila poderia ter. Preferiu que ela lhe devolvesse o tapa. Um a um nem sempre é mau resultado. Mas a figurante quis dar uma de primeira atriz.

— Me leve para meu apartamento – disse entre uma ordem e um pedido, mas muito classuda.

— Desculpe, Lila.

— Bem depressa, Juanito precisa dormir.

— Você está pensando em ficar com ele?

— Vou ficar.

— Eh! Ouça a respiração dele. Parece um fole furado! Esse homem está morrendo, Lila. Quer levar um cadáver para casa?

— Se estivesse morrendo, não faria o que fez. Eu vou curar ele. Toque esse carro!

O próprio Batista ignorava se era movido pelo ciúme ou em defesa da pele de Juan. O fato é que tinha bebido demais para fazer uma análise muito lúcida de seus sentimentos. Passado para trás por um moribundo!

— Eu a deixo em seu apartamento, sim. Mas ele não desce.

— Babá, estou querendo aliviar sua barra! Você não sabe o que fazer com Juanito.

— Sei, sim.

— É bafo, não sabe nada.

— Vou deixá-lo num hospital.

— Você não pode fazer isso; se fizer se complica.

— Eu arrisco.

— Você não vai arriscar. Vai abandonar ele em qualquer lugar. Já quis abandonar uma vez. Vamos, nos deixe em meu apartamento. Não queria passar a brasa? Passe-a pra mim e vá dormir sossegado.

Batista, embora retomando a garrafa bojuda, tentou a ponderação:

— O rei de Cuba não pode ficar com você, Lila. Se a polícia o descobrir, você vai junto.

— Se descobrir.

— Mas descobre: ele matou dois guardas.

— Não precisa se preocupar comigo, Batista. E pode ficar tranqüilo que não abro a boca. Podem até me botar no pau-de-arara que não digo seu nome. Você ainda não me conhece, Babá.

Batista achava que ela era burra demais para ver o perigo. Tinha que apelar para um argumento mais concreto. Restava mais um na despensa.

– E se ele morrer, cabrita?

– Eu me viro.

– Vira como? Chama a funerária? E o atestado de óbito? Se ele se apagar, você vai em cana da mesma forma, e sozinha, morou?

– Eu dou um jeito. Tenho amigos, sabe? Eles me ajudarão.

– Ninguém ajuda ninguém a se livrar dum cadáver. Você não conseguirá isso tocando a campainha do vizinho.

– Você não vai deixar ele comigo?

– Não, cabrita. Sou homem de responsabilidade.

– Então fico aqui com vocês até o fim. Não vou sair do cinema na metade do filme.

– Então me ajude a desembarcar a mercadoria. O Hospital das Clínicas fica logo ali.

– Juanito não quer ir para nenhum hospital.

– Ele não tem mais querer. Está apagado, olha só – disse Batista olhando para trás e vendo Juan dormir. – Deve estar nas últimas.

– Com um pouco de conhaque ele acende outra vez.

– O que você quer? Que ele dê outra trepada? Então meta conhaque na boca dele. Vire o gargalo. Pra ele é gasolina, não é?

Dalila reconheceu que a parada era dura; resolveu gastar o seu charme. Era sempre o grande trunfo. Sentou-se mais perto de Batista e fingiu estar com sono. Repousou a cabeça em seu ombro.

O cursinho de gata funcionou:

– Você hoje está *tutti frutti* – disse Batista.

– Mas você está muito mau, mau mesmo.

– Claro, você gamou pelo moribundo.

– Não é gamação, Babá. Como eu poderia? É que tenho um coração do tamanho do rabo.

– Bem, isso é. Outra cagava pro rei de Cuba.

Dalila passou a mão pelo rosto de Batista como para ver se sua barba estava comprida. Pegou a mão dele e beijou-a.

– Tenho JB em casa – ela lembrou. – É melhor que essa porcaria de conhaque.

— É espanhol, cabrita.

— Parece fogo líquido, Babá.

— Um JB até que descia bem.

— Quer que lhe preparo um com gelinho? No capricho?

Batista não era tão bobo assim; sabia quais eram as intenções da pantera, mas não resistia ao seu chica-chica-bum. Passou a mão nos peitos dela, enfiou-a por dentro, empurrou o sutiã com o polegar. Estava acostumado a seios de carne, porém quando feitos de espuma-de-borracha, e desenhados na Thompson, não dava pra agüentar. Sentiu-se como se estivesse num drive-in com a diferença que havia um agonizante no banco traseiro.

A gata ia deixando, deixando tudo. Parecia ter esquecido o passageiro da arquibancada. E quando Batista menos esperava agarrou a cabeça dele com as duas mãos, deu-lhe um beijo por sucção rotativa, mas, ao lembrar-se do que fizera com Juanito, começou a rir.

— Do que está rindo, cabrita?

— Não sei, Babá. Aconteceu muita coisa engraçada nesta noite.

— Para mim, só agora as coisas melhoraram.

Dalila voltou a abandonar-se sobre ele. Os dedos da mão esquerda telegrafaram algo entre as pernas de Batista. Ele nada entendia de Morse mas ficou todo alerta. Sentiu que ela o levaria para onde pretendia. Agora, porém, ele também queria ir. E não por causa do JB. Afinal, não era tão materialista assim.

— Vamos — sussurrou ele.

— Para onde, Babá?

— Você é que manda, cabrita.

— Tomar uma dosezinha de JB?

— Acho que iria bem. Depois do esporro na casa do Loureiro a gente precisa duma bebida suave.

— Acha que agi mal na casa daquele cara? — perguntou Dalila.

— Você esteve esplêndida. Me orgulhei muito. Agora, vamos.

— Quer ir mesmo? — indagou a figurante completamente dona

da situação e com a mãozinha no lugar certo. Jamais ouve pergunta mais inútil na história da noite paulistana.

    Dalila já havia engatado a primeira; bastou Batista puxar o breque de mão e o carro começou a rodar. O motorista dirigia sério e apressado. A moça disfarçadamente lançou um olhar a Juanito e com a mão direita livre, jogada para trás, como quem tateia um isqueiro que caiu, foi abrindo caminho entre as pernas dele. Ficou nessa posição, com as duas garrinhas em ação, até que o carro parasse à porta do edifício onde morava, dentro da neblina, como um charuto mergulhado num copo de Pernod.

2 horas

Dalila e Batista levaram Juan para o fofo quarto onde a bela dormia; tiraram-lhe o paletó de empréstimo e os sapatos e o deitaram na cama. Tudo foi feito com certa facilidade, sobre rolimãs, porque embora como um sonâmbulo Lacosta ainda podia andar.

— Veja! Está sangrando! — exclamou a moça apontando a camisa de Juan. Vou trocar o curativo.

— Você pode fazer isso mais tarde.

— Vá para a sala, Babá. Eu cuido dele.

Batista obedeceu mas o coitado não pôde esperar a seco. Foi à cozinha buscar gelo, apanhou na sala a ampola do escocês e serviu-se a merecida dose da descontração. O aparelho, tirintando, acusou que Dalila usava a extensão telefônica do quarto. Batista apostou que ela estava ligando para o babalaô e a curriola da umbanda. Mas o rei de Cuba já era carta fora do baralho. Seu problema era bíblico; fornicar. Depois da ejaculação, que fosse transformado numa estátua de sal. Afundou o traseiro numa poltrona e ficou bebericando e estudando a técnica sexual que usaria na posse de Dalila. Não poderia haver precipitação ou improviso: teria que ser uma obra de arte.

Juan estava de bruços na cama enquanto a boazuda enfermeira renovava o curativo.

— Durma Juanito — disse Dalila suavemente. — Já avisei meus amigos. Eles vão curar você. Durma, queridinho. Está em segurança agora.

Lacosta não ouvia; o gosto que sentia na boca era do ovo que o granjeiro lhe dera e que tinha também o gosto de sua infância. Mandou esquentá-lo no recipiente de ferver xícaras dum bar e comeu-o com uma pitada de sal. Por acaso foi parar num entroncamento rodoviário onde havia uma construção de madeira com um guichê para a venda de passagens e um cartaz com o horário de partida de ônibus. O próximo, para Bauru, passaria pelo entroncamento às onze. Duas horas infinitas de espera. Foi quando viu a jardineira, um simpático veículo de doze lugares, pintada dum amarelo vivo, carnavalesco, tendo na fachada, na parte superior, um letreiro com seu destino: Estância Esperança. Alguns passageiros, acima dos sessenta e abaixo dos dez anos de idade, portando malas de viagem, entravam no micro-ônibus, sob o olhar festivo dum motorista negro muito gordo e folgazão. Juan olhou o guichê e forçando um sorriso como um adulto que compra um ingresso para o trenzinho-fantasma pediu uma passagem para a estância. Uma voz feminina disse que estava com sorte, pois faltava vender o último bilhete, gritando, em seguida, ao motorista que a lotação já se completara. Com a naturalidade dum hóspede habitual, que deveria ser miraculosa para velhos e paraplégicos, Juan entregou a passagem para o alegre motorista e entrou no ônibus. Por ser o último a entrar ou porque era muito mais velho que as crianças e muito mais jovem que seus vovôs, sua presença despertou a curiosidade geral. Felizmente o assento vago era no fundo do micro onde ficaria menos exposto a olhares interrogativos. Aboletou-se ao lado dum casal de ingleses, a mulher com uma lata aberta de frutas cristalizadas sobre os joelhos, e o marido segurando as pontas de duas varas de pescar enfiadas pela janela. Além de discreto seu lugar na rabeira do veículo permitia-lhe observar os passageiros. Fazia muito tempo que não ficava perto dum grupo de pessoas que não desejava assassiná-lo. E quando a jardineira partiu sentiu uma segurança que lhe faltava desde que saíra no jipe da casa de

Martin em Pedro Juan Caballero. Acendeu um cigarro boliviano e assoprou com a fumaça toda a tensão daquelas horas. Conseguiu até esquecer-se por que estava ali como se a viagem para a estância fossem as merecidas férias dum homem qualquer. Desceu a janela corrediça do seu lado e o ar novo que penetrou foi aperfeiçoando seu bem-estar. Fixou-se então nos passageiros a começar do motorista, cuja cara de Lua cheia o espelho do veículo refletia. Ele dirigia e ria, e como se fosse o maestro duma orquestra, caprichosamente postada de costas, seus comandados riam também, regidos pelo seu bom humor. Era a manifestação duma alegria natural e orgânica que nascia do simples prazer de estar vivo. À direita do motorista, num banco isolado, viajava um homem duns setenta anos, vestido todo à antiga, de colete e chapéu, com o detalhe dum relógio de bolso, que de quando em quando consultava. No banco atrás dele, numa senhora gorducha de vestido estampado, com certeza mulher do remanescente da *belle époque*, apaziguava uma menina de tranças, que insistia em ficar de pé. Outro era um caipirão rico, que tivera uma boa safra naquele ano, e com uma roupa nova, pessimamente cortada, levava a digníssima consorte, uma mulher insignificante, para alguns dias de repouso na estância. O mais animado era um passageiro de careca rachada, muito amigo do motorista e com certeza hóspede freqüente da Esperança. Viajava só, segurando um jornal dobrado com o qual espantava moscas, mais um pretexto para puxar conversa com os demais. Os outros passageiros eram uma mulher muito alta, protótipo da professora aposentada, dona da maior e mais preta verruga facial da região e um casal de garotos, seus sobrinhos, que por negligência de Satanás havia escapado do inferno. Mas os mais simpáticos para Juan eram os ingleses. A esposa de John Bull já lhe oferecera uma fruta cristalizada e aceitara. Foi o início dum papo agradável. Num português de dicionário de bolso, ela lhe disse que o marido era engenheiro duma hidrelétrica e que iam sempre à Estância Esperança, um lugar muito gostoso, com muita sombra e comida caseira. Ah, nunca tinha ido lá? Apostava que voltaria outras vezes. O proprietário da estância era um homem muito educado e sabia deixar seus hóspedes à vontade. Nos sábados havia sempre um baileco puxado por uma sanfona. Pediu-lhe que não se preocupasse com a idade média dos hóspedes. Sua filha Joyce, solteira, exímia pianista, poliglota, os esperava na estância. Seria boa companhia para ele, podia acreditar, e abrindo a bolsa, retirou um retrato, onde sua Joyce, trintona, esbelta e de sorriso franco, espécie de Miss U que explicavelmente não se casara, sentava-se placidamente junto a um piano. Juan ia entrar dentro da foto, e pedir à doce celibatária que lhe tocasse uma música de Cole Porter, quando o inglês perguntou-lhe se apreciava pescaria. Juan não só apreciava como se julgava entendido. Pescara em muitos rios e mares da América Latina. Não pôde dizer ao inglês mas pescara até nos intervalos das guerrilhas. Segurou as varas com atenção profissional e não por delicadeza as considerou de boa qualidade. "Leveza e flexibilidade são as mais importantes virtudes duma vara de pescar", disse Juan. "Mas há outra coisa ainda mais importante: o hábito. Não existe grande pescador com vara nova. Temos que nos acostumar com ela. É como o som de um velho violão. Depois de algum tempo acabam entendendo de peixe mais que a gente." O inglês disse que passava pela estância um riacho de águas muito puras, ainda não poluídas, que o lembrava certos rios de sua infância na Inglaterra. Ele lhe cederia uma vara e ambos pescariam juntos. Juan, mastigando outra fruta cristalizada, e segurando ainda na mão o retrato de miss Joyce, concordou com a idéia. A inglesa, simpatizando com o passageiro, e querendo dar mais sabor ao convívio que teriam na estância, falou do pão sovado, do requeijão e do leite que serviam na Esperança. O marido sorriu e segredou a Juan que levava na mala um bom uísque escocês para comemorarem o êxito das pescarias. "Como é seu nome?", ela quis saber. Ele retardou a resposta para inventar um nome, mas achou que a sinceridade naquele momento era mais cara que o incognoscível: "Juan", respondeu, e logo confirmou: "Juan".

Uma hora depois a jardineira fazia sua única parada. Viajaria mais duas para chegar à estância. Os passageiros desceram para tomar café num bar. As crianças foram levadas às pressas para os toaletes, algumas chorando. Juan mordeu um sanduíche feito com pão de ontem e entendeu que não poderia prosseguir. A terna e amarela jardineira não conduzia a lugar nenhum. Logo além descortinava-se um trecho de estrada pavimentada. Perguntou ao botequineiro se por ali passava algum ônibus para o Estado de São Paulo. Passava, sim, para Bauru, dentro de dez minutos. Aconselhou-o a apressar-se. Juan viu o casal de ingleses retornar ao ônibus. Para que a jardineira não ficasse esperando-o inutilmente disse ao motorista que podiam partir sem ele. Quando o veículo ganhou novamente a estrada sentiu que o desamparo estava outra vez com ele. Marchou até a via asfaltada a passo de soldado, mas antes de alcançá-la o revólver pesou-lhe na cintura. Era o momento de livrar-se dele. Parou um instante, com essa intenção, quando viu aproximar-se numa nuvem de poeira um caminhão carregado de cascos vazios de refrigerantes. A idéia e a ação aconteceram juntas: atirou a arma na carroceria como um ex-jogador de basquete com nostalgia das quadras.

Batista já consumia a segunda dose e Dalila não retornava. A julgar pelo tilintar da extensão, fizera um longo telefonema, certamente um SOS para o pessoal da umbanda. Mas ele já não estava preocupado com o Juan. O álcool só intensifica sentimentos personalistas. Queria era estar em paz com sua pele. Se Lacosta morresse o que restava a fazer era apertar o botão hidráulico.

A esperada criatura do sexo feminino apareceu na sala.
— Juanito está dormindo.
— Isso é ótimo.

– Troquei o curativo e lavei as costas dele.

– Você é formidável, Lila.

– Já tomou seu uísque?

– Estou no fim da segunda dose.

– Então já pode ir embora. Não se preocupe com o resto. Se precisar de você telefono. Mas acho que tudo vai acabar bem. Estou muito otimista.

Batista não tinha cera nos ouvidos. O que ouviu foi isso mesmo. Era um pisão no calo. Bem feito: mamãe sempre lhe dissera para não se envolver com prostitutas.

– Eh, esqueceu do prometido?

– Lhe prometi alguma coisa, Babá?

– Será que vamos começar tudo outra vez? Você me trouxe aqui pra quê?

– Pra tomar umas e outras, e você já tomou, não?

– Não foi só para isso.

– Babá, com o Juanito aí, sangrando, não dá pra pensar em sacanagem. Vamos deixar pra outro dia.

– Vai ser agora – informou Batista agarrando-a pelos braços.

Ela estava muito segura jogando em seu campo:

– Meu babalaô e todo pessoal vem aí. Não vai dar pedal, queridinho.

– Então por que me excitou lá no carro?

– Eu fiz isso, menino? Se fiz foi sem querer, desculpe.

– Você pegou no meu pau.

– Mas foi apenas porque não sabia o que fazer com as mãos! Saia do ar, Babá! A gente se vê amanhã – e ofereceu a cara para um beijinho de *goodbye*.

Batista não beijou o rosto. Abraçou-a como uma prensa e disse-lhe no ouvido o que pretendia fazer com ela naquele momento. Não era nada original, mas foi dito com muita força de expressão, economia de palavras e toque pessoal.

Com um safanão Dalila livrou-se dele, mas ainda não estava zangada.

— Os caras da umbanda vem vindo — repetiu. — Dê o pirulito, maninho.

O jornalista tornou a segurá-la, sisudo, cobrando a dívida:

— Antes que cheguem a gente resolve.

— Você está de cara cheia, Babá. Pegue a reta. Amanhã combinamos tudo direitinho.

— Já esperei muito tempo. Agora ou vai ou racha.

A figurante não tinha curso de defesa pessoal, mas levava a vantagem de estar mais sóbria. Defendeu-se muito bem do ataque de Batista com o único prejuízo da queda dum bibelô: um budinho de cerâmica. Batista não se deteve no primeiro fracasso. Grandes times começam perdendo no começo do jogo. Tentou envolvê-la pela cintura, mas agora com os braços livres ela lhe deu duas bofetadas no rosto como uma gata perfeita. Mais acordado com os tapas da bichana, o intelectual tentou passar uma rasteira. Mas como estivera em Pernambuco apenas dois dias em sua vida não dominava a técnica. Quem caiu sobre o tapete, num baque surdo, foi o próprio. Levantou-se em seguida antes que a contagem chegasse a dez. Caminhou então para ela a passos lentos e arrastados como o saudoso Boris Karloff quando vivia na tela o monstro Frankenstein. Dalila tinha pavor de baratas, porém não de caretas, além disso parece que não assistira ao filme. Reagiu com um pontapé em curva que lhe atingiu o alto da coxa. O tipo da pancada que deixa mancha preta. Batista gemeu alto e exagerou a dor numa desastrosa chantagem sentimental, pois lhe deu tempo que vibrasse outro pontapé no alto da outra coxa. Nenhuma coisa inteligente funcionava com ela. Resolveu simplesmente forçá-la a deitar no tapete, na pura força bruta, o que fez atabalhoadamente. Dalila num volteio saiu da frente e disparou para o corredor. Batista estava decidido a persegui-la até o fim do mundo. Ela voltou com um vaso seguro pelas duas mãos.

— Se der um passo lhe quebro a cabeça, Babá!

Por incrível que pareça, o alcunhado Babá deu o passo. O modelo fotográfico não estava brincando: arremessou seu belo vaso que só não acertou o alvo porque Batista, segundo seu horóscopo, estava num dia de favorabilidade. Centenas de pedacinhos de vidro ou cristal espalharam-se pela sala. Mas o jornalista estava tarado. Mergulhou sobre Dalila num grito de lutador de caratê e apertou-a de encontro a seu corpo tentando imobilizá-la. Apenas com a boca livre, a avezinha descuidada, com sua honra ameaçada, disse um a um os palavrões que aprendera assistindo teatro de protesto. Batista, embora escandalizado pelo baixo calão, não largava sua presa e ingenuamente procurava excitá-la enfiando a língua em sua orelha. Foi o *take* mais longo da cena: ele não a largava nem ela conseguia escapar. Pareciam dois pugilistas nas cordas, esquecidos de todas as regras, enquanto o juiz bocejava num canto. Teriam continuado assim, nesse improfícuo corpo-a-corpo, se não tivesse tocado a campainha, separando os contendores.

Dalila foi abrir a porta: eram um negro sexagenário, seu querido babalaô, e quatro crioulinhas sorridentes, que formavam harmonioso e tropical conjunto humano.

– O que vocês querem? – bradou o jornalista vendo a bola sair de campo. – O prêmio de desfile da Prefeitura?

– Entrem – ordenou Dalila, já formalizando-se. – Esperem um momento aqui na sala. – E voltando-se para Batista, com uma surpreendente cordialidade, como se tivessem acabado de jogar uma partida de buraco: – Amanhã lhe telefono, querido. Você pode vir buscar o presente que prometi à minha futura sogra. Espero que ela goste.

Batista não tinha mais o que fazer ali, passou a mão no cabelo todo de pé e passou pelo grupo umbandístico erguendo a cabeça com invejável dignidade de homem branco.

2h30

Em sono mórbido, de fundo de poço, de subterrâneo, de labirinto escuro, povoado de lembranças e persistentes sensações, Juan ouvia vozes diversas num idioma que não conseguia identificar. Tinha a impressão de que um guindaste com mãos humanas o havia retirado da cama e do quarto. Depois dum circuito aéreo sentiu que o sentavam numa cadeira ou poltrona, as costas bem juntas ao espaldar para que não perdesse o equilíbrio. Não estava só. Percebia movimento ao seu redor, passos fofos e falas cautelosas. Mas continuava a não entender o que se dizia naquela língua sincopada e rasteira. Algo muito frio, produzindo um ruído crocante, lhe foi colocado no pescoço. Iniciou-se aí uma reza ou canto entoado por vozes homogêneas e lamuriosas, entre as quais uma, masculina, mais forte e afirmativa, distinguia-se das demais. Lembrou-se do Haiti e das cerimônias do vodu, que assistira no início de sua peregrinação pelas Antilhas, quando tentara combater o Papa Doc. Mas essa tênue associação não o despertou. Com a cabeça pendente, um contato frio e leve no pescoço, próprio de objetos de osso ou marfim, abandona-se totalmente, sem resistência. O canto era uma reza cantada, monótono, uníssono e escuro, puxava-o para baixo, multiplicava-lhe o torpor. Não estava morto, pois tinha consciência do nada. Embora imperceptivelmente, respirava. A vida chegava-lhe pelas narinas, o cheiro inconfundível de combustão, trapos ou pavios de vela que queimavam. Nos intervalos do canto, a voz mais marcante e mais próxima, a de homem, lhe falava ainda de mais perto com bafo enjoativo de charuto e aguardente. Parecia mais vegetal que humano como se partisse duma cabeça esculpida em tronco de árvore e conservasse o som e o sotaque de madeira crua. Dava ordens a ele ou a alguém como se iniciasse ou aceitasse um desafio, sem admitir conchavos ou hesitações.

O pesadelo circunvizinho cessou por algum tempo indicando uma pausa maior na cerimônia. Juan reviu, cada um em seu ambiente, Martin, André Molina, tio Flô e o sobrinho, o japonês da charrete e o casal de ingleses. A última lembrança foi a da radiopatrulha aparecendo no retrovisor do jipe. No *replay* podia controlar a velocidade dos acontecimentos, ver bem devagar a aproximação do Fusca preto, seu gesto destravando o porta-luvas para apanhar o 38, a cara vermelha do policial que o mandava parar, supondo-o André Molina, o pé saltando do acelerador para o breque, simulando obediência, seu dedo premendo o gatilho e a radiopatrulha desgovernada chocando-se com o rochedo. Ficou nessa última lembrança e examinou o fotograma detidamente. De fato, o policial do banco traseiro, não atingido pelos disparos ou por sofrer menos o impacto, já saltava do carro com a arma pronta para revidar. Sentiu desta vez a bala penetrar-lhe nas costas depois de atravessar a janela da rural.

Após o intervalo vazio ouviu subitamente um sibilar ziguezagueante acompanhando o odor ativo de pólvora queimada. Embora sem saber se o cheiro era de suas lembranças ou do presente, despregou os olhos com um medo infantil. Num ambiente enfumaçado viu apenas o rosto dum negro idoso que se afastava. Haviam, sem dúvida, tocado fogo num rastilho de pólvora a seu redor. Ainda em meio à fumaça, que se erguia do chão, viu algumas caras jovens de mulheres negras. Baixou os olhos atraídos por pequenos focos de luz. Eram velas de diversas cores, acesas sobre pires, espalhadas em círculo pelo assoalho. Junto delas, alguns objetos, também coloridos, espécie de bijuteria grosseira de origem africana. Demorou um pouco mais a perceber que aquilo não era precisamente o inferno nem o templo de divindades exóticas mas o apartamento para onde Batista e Dalila o levaram.

O sorriso de Dalila compareceu logo para tranqüilizá-lo.

– Está tudo bem, Juanito!

Ele continuava um tanto assustado e com receio de desabar da cadeira.

As crioulinhas abriam as janelas para sair a fumaça. Depois, baixaram-se para recolher os objetos coloridos. Mas não tocaram nas velas.

O babalaô, com uma espécie de túnica branca, e agora um imenso sorriso curvou-se para encarar Juan.

– O senhor está melhor agora, não? – perguntou.

Dalila respondeu por ele:

– Está outra vez coradinho!

O babalaô concordou:

– Pode lhe dar o conhaque – disse.

Dalila encheu um cálice com o espanhol afanado da casa de Loureiro, mas uma das moças, adiantando-se, fez questão de apanhá-lo, encostando-o aos lábios secos de Juan. Com amparo da mão, espalmada na nuca, conseguiu que, em curtos goles, ele tomasse tudo. Pareceu a todos a prova da recuperação.

– E a bala? – ela perguntou ao babalaô, talvez decepcionada.

– Vai sair aos poucos.

A moça carinhosamente passou a mão no rosto de Juan e perguntou:

– Quer voltar para a cama?

Ele realmente sentia-se melhor depois do sono e do conhaque, e como ansiava por notícias de Batista disse que ficaria na sala.

O babalaô e seu conjunto de folclore despediram-se de Dalila depois dum último olhar a Juan, as crioulinhas trocando cochichos risonhos sobre ele. Pareciam fascinadas, embora nem sua voz tivessem ouvido.

— Assim que ele puder andar eu o levo ao terreiro — prometeu Dalila ao fechar a porta. Depois, exausta, encostou-se nela a olhar Juan, sentado na cadeira, com os colares sobrepostos no pescoço, apenas iluminado pelas chamas bruxuleantes das velas em círculo sobre o carpete. Ajoelhou-se diante dele com ternura, mas percebeu que estava muito inquieto. Sorriu para tranqüilizá-lo. — Sei o que está pensando. Mas não disse nada a essa gente sobre você, sobre quem você é... Disse que... que fui eu. Eu que lhe dei o tiro. Por ciúme. E eles acreditaram.

Juan olhou para os pés como se o incomodasse a falta dos sapatos.

— Coitado! Está sem sapatos. Vou buscar.

Juan olhava com os olhos comprimidos as velas multicores. Em dois cinzeiros, sobre uma banqueta, alguns charutos ainda estavam acesos. Como se tivesse dedos de empréstimo, tocou as contas coloridas dos colares. Olhava ao redor como se procurando Batista. E nesse giro de cabeça as paredes se afastavam e as velas pareciam crescer.

Dalila reapareceu e com o servilismo e a delicadeza de gueixa ajoelhou-se para lhe calçar os sapatos. Ele sentiu-se mais forte e seguro de si com os pés calçados. Sorriu como um silvícola maravilhado por um dos confortos modernos.

— Minha televisão é a cores — disse ela comprovando mais uma vantagem da sua companhia. E foi ligar o aparelho sobre uma mesinha giratória. Esperando que a imagem surgisse, ajustou as cores, regulou o som e puxou uma poltrona ao lado de Juan. Faltava segurar-lhe a mão para compor um quadro perfeitamente burguês. E ela fez isso. — Gosto muito de novelas — disse. — Já trabalhei em algumas como figurante. — E abriu parênteses com um sorriso malicioso: — Mas não foi com esse dinheiro que comprei o apartamento. — Voltou a olhar o aparelho e esclareceu com satisfação: — Às sextas-feiras tem filmes e notícias a noite toda. Veja, o Robert Mitchum!

Aquele de fato era o Robert Mitchum, mas depois dum *break*, no "noticiário em pílula", o homem que apareceu em *close* Juan conhecia pessoalmente. Mexeu-se todo na poltrona a ponto de chamar a atenção de Dalila que também fixou os belos olhos verdes no vídeo. Tio Flô apontava alguns furos de bala no suposto jipe do traficante André Molina, que teria, na manhã anterior, trocado tiros perto da fronteira da Bolívia com policiais duma radiopatrulha. Noutra tomada, o chacareiro aparecia ao lado do sobrinho, ambos de cabeça baixa, ao lado do poço onde Juan saciara sua imensa sede. A voz do narrador informava que nenhum resquício de entorpecentes fora encontrado no carro nem Molina portava qualquer pacote. Além desse havia outro ponto misterioso. André Molina contava mais de cinqüenta anos e tinha os cabelos brancos, enquanto o homem que abandonara o jipe na chácara, com uma mancha de sangue nas costas, não chegava aos quarenta e seus cabelos eram pretos. Seria mesmo André Molina?

Dalila apertou a mão de Juan com um sorriso miúdo, mas seu contato não o tranqüilizou. Nem tirou os olhos do aparelho onde apareciam novas imagens sobre o que já chamavam de "rumoroso caso". Lá estava, numa sala de delegacia, o granjeiro japonês, sentado e encolhido, respondendo a perguntas duma autoridade. Era outro que confirmava a cor dos cabelos do homem que conduzira em sua charrete: preta. Com mais esse depoimento, dizia o narrador, não havia mais dúvida: o assassino dos dois policiais não era André Molina e talvez nem fosse traficante.

Um mapa apareceu em *close* e um lápis foi indicando os lugares onde o homem usando um jaleco creme, e falando com sotaque castelhano, fora visto. "O dono dum bar garantiu que o serviu aqui", disse o narrador fazendo uma pequena cruz num ponto. "Depois ele foi para o entroncamento rodoviário onde comprou passagem para a Estância Esperança. Mas, segundo informação do motorista e dos passageiros, não chegou lá. Desceu no meio do caminho e apanhou um ônibus para Bauru."

Juan e Dalila viram aparecer no vídeo o retrato falado de André Molina. "Este é o traficante", dizia o narrador, com a mão e um lápis focados pela câmera. "Vamos lhe dar de presente uma cabeleira preta. Assim, assim. O que dizem? Conhecem essa pessoa? Já a viram em fotos nos jornais? Agora, mostremos a entrevista com alguns passageiros da jardineira da estância. Houve um casal que conversou muito com o estranho passageiro."

Levantando-se pela primeira vez da poltrona, Juan foi postar-se diante do televisor. Dalila, imitando-o, colocou-se a seu lado e enlaçou-o pela cintura para solidarizar-se em sua inquietação.

Apareceu uma visão externa da estância e uma interna que mostrava um singelo salão de refeições com um piano num canto. Juan desejou que a moça do retrato, Joyce, aparecesse, mas viu apenas o casal de ingleses que não perdia a simpatia na filmagem. Um jornalista fazia perguntas. Ambos, respondendo, diziam não acreditar que aquele rapaz matara alguém embora estranhassem que deixasse a jardineira sem despedir-se. Quando o jornalista, finalizando, indagou se ele dissera seu nome, a inglesa respondeu prontamente que sim. "Ele disse se chamar Juan."

O noticiário concluía com o narrador de corpo inteiro, que exibia o retângulo duma foto pelo verso. "Bem, não podemos fazer afirmações, mas achamos que o homem que desceu da jardineira para dirigir-se a Bauru e de lá a São Paulo, onde chegou hoje, às dezenove horas e dez minutos, não é outra pessoa senão esta", e virou para a câmera, entrando em *close*, cheia de reflexos, uma antiga fotografia do guerrilheiro que se acreditava estar na Venezuela. E arrematava, o narrador, em tom sardônico: "Boa noite, senhor Juan Perez Lacosta".

Juan desviou o olhar do aparelho e buscou a garrafa de conhaque sobre a mesa.

– Vou lhe servir outra dose – disse Dalila. – Mas depois vá para a cama.

Juan virou o cálice e voltou a sentar-se. Dalila desligou a televisão. O noticiário assustara-a. Se não fosse a maquiagem estaria branca como cal. As batidas de seu coração ecoavam como se o corpo estivesse oco. Por muito menos já se complicara algumas vezes. O próprio babalaô talvez não tivesse ido até lá se soubesse o verdadeiro nome de Juanito. Mesmo assim não se arrependia de tê-lo trazido a seu apartamento. E, por mais que ficasse apavorada, não o abandonaria até que se restabelecesse. Chegou-se a ele com muita ternura, ensaiando palavras apaziguadoras, e que traduzissem também sua fidelidade. A cabeça de Juan pendera um pouco e o rosto cobria-se de grossas gotas de suor, e cerrara novamente os olhos.

– Juanito, não está se sentindo bem? Vamos para a cama. Eu o ajudo.

Juan abriu os olhos e tentou retomar contato com a realidade girando a cabeça em torno do pescoço e chegou a tentar um impulso forçando as mãos no assento frouxo da poltrona, mas o peso do corpo não lhe permitiu levantar-se.

– Ponha o braço nos meus ombros – pediu Dalila um tanto desavorada. – Segure-se em mim bem firme. – Ele obedeceu, porém com o braço mole, sem músculos. – Com mais força, Juanito. Agarre-se em mim. Vamos!

Juan ouvia, compreendia a situação, mas seu cérebro não podia comandar um corpo que não era mais seu. Apenas a respiração, acelerada, indicava que ainda havia vida em seu tronco.

Já sem plano, e querendo levá-lo ao quarto de qualquer maneira, Dalila abraçou-o pela cintura fazendo uma força além da que Deus lhe dera. Nesse esforço sua respiração confundia-se com a de Juan e o suor, resultante, desmanchava-lhe a maquiagem. Se continuasse insistindo ele cairia da poltrona. Fez nova tentativa, com menor convicção, também frustrada. Decidiu simplesmente manter Juanito equilibrado na poltrona, reconhecendo que não poderia levantar um homem de mais de setenta quilos, sem possibilidade de cooperar.

Sentada ao lado dele, mergulhada em verdadeiro caos, pensou a quem apelar. Evidentemente o primeiro e único nome que lhe ocorreu foi o de Batista. Apanhou o telefone, puxou-o para perto da poltrona e discou os sete números que no sufoco conseguiu lembrar. Ouviu logo em seguida a voz de Batista postada para a gravação concedendo trinta segundos para o recado.

– É Dalila – disse. – Juanito está muito mal. Telefone assim que chegar.

Desligou o aparelho, desanimada. Depois da briga que tiveram ele não iria para casa. Certamente estava num boteco qualquer, enchendo a cara. Olhou o relógio de pulso. Talvez tivesse que amanhecer ali, sentada ao lado de Juan. Subitamente seu pavor cresceu a tal ponto que a lançou fora da poltrona. Passeando pela sala, a pisar em cacos de vidro e quase a chutar as velas coloridas, pensava: "E se ele morrer? O que farei se ele morrer?". Encarou bem Juanito como para ver se a morte já enrijecia suas feições. Mas ela não sabia como a morte era, nunca a vira de perto, nem lhe fizera perguntas. Ocorreu-lhe então o antigo recurso: enfiar a mão entre as pernas dele reanimando-o pela excitação sexual. Mas nem isso fez, acovardada, sentindo que sua impetuosa personalidade se desmanchava com a maquiagem. Completamente desvalida, apequenada, caiu sobre a poltrona e começou a derramar um pranto de menina longo, contínuo e com muitas lágrimas.

Então ouviu a campainha.

3h10

Na esperança de que era Batista, que voltava, enxugou apressadamente as lágrimas com as mãos, e quase com alegria correu para a porta. Espiou ansiosa pelo visor: era um homem mas não dava para ver quem. Abriu.

– É um pouquinho tarde, não? – disse Hans, com um sorriso de quem não liga para nada, segurando uma câmera e uma panela de iluminação. – Passei aqui à meia-noite, fui fazer um trabalho e estou de volta.

Dalila olhava Hans como se ele fosse um fantasma. O bom fantasma de Canterville, de camisa estampada e calça rancheira, que afinal conseguira assustar alguém.

– Volte amanhã, Hans – suplicou aquela que morria para ser fotografada ou filmada.

– Amanhã não é possível – respondeu Hans. – Pego uma carona para o Rio e só volto no fim da semana.

– Então deixe para quando voltar.

– Por quê?

– Hoje não posso.

Hans estranhou a luz que via da porta entreaberta. Sabia que Dalila andava metida em umbandas e quimbandas, o que poderia valorizar o curta. Pôs a mão na porta para empurrá-la, ainda a sorrir, como se tudo estivesse legal.

– Lila, eu não quero um filmezinho de estúdio. O que vai interessar é a atriz na intimidade. – E já vendo algumas velas coloridas sobre o carpete, forçou um pouco mais a porta, concluindo: — Prometo não filmar seus amiguinhos sem autorização.

A pressão que ele exercia na porta não era muita, mas Dalila estava desfibrada demais para opor resistência. Permitiu que Hans entrasse, pondo tudo nas mãos de Deus.

Hans pisou o interior da sala com os olhos no chão, atraído pelas velas. Nunca tinha filmado uma macumba ordeira de apartamento. Mas onde estava a caboclada, os pais-de-santos? Ergueu os olhos e viu um homem sem paletó afundado numa poltrona como se dormisse.

— Meu amigo não está passando bem — foi logo explicando Dalila. — Apanhou um forte resfriado.

O cinegrafista sentiu a decepção de quem chega no final de um espetáculo. Mesmo assim ficaria para não perder a viagem. Largou a câmera e o panelão num divã.

— Seu amigo está só gripado ou tomou muita birita?

— Ele bebeu um pouco — apressou-se em confirmar Dalila.

Hans viu algumas garrafas de bebida e aproximou-se dela sem a menor cerimônia. Afinal, conhecia Dalila de muitos carnavais. Foi servir-se.

— Ainda não bebi nada hoje — disse.

Sem ter se controlado e com receio de que Juanito desabasse da poltrona, Dalila quase suplicou:

— Você bebe essa e sai.

— Mas por que não quer o filme? Trouxe o material todo! Seu amiguinho não vai incomodar.

— Minha cara não está boa.

— Pode se maquiar, eu espero.

Dalila deu aí um show da arte de como não interpretar. Enquanto Hans olhava com curiosidade as velas e o homem aterrado na poltrona, ela, totalmente dominada pelos nervos, insistia para que se retirasse com gestos e voz desarmonizados, como uma atriz que estreasse num filme do Zé do Caixão. Ao mesmo tempo, numa marcação teatral absurda, colocava-se entre os dois homens forçando um eclipse para que o cinegrafista não demorasse os olhos em Juanito. Hans pegou um dos charutos do cinzeiro, já apagado, e perguntou:

— A sessão foi feita pra ele?

— Não — rebateu Dalila com rapidez excessiva. — Sempre faço sessões às sextas-feiras.

Hans engoliu toda a bebida que pusera no cálice e saindo de seu lugar aproximou-se de Juan. Mas a moça, outra vez, e com maior suspeição, interpôs-se entre os dois.

— Não quer que eu veja ele? Será que o cara é tão importante assim?

Dalila errou lamentavelmente ao confirmar:

— Sim, ele é muito importante!

— Não diga que subiu de turma — admirou-se Hans naturalmente com a curiosidade muito mais aguçada. Mas estranhava porque não reconhecia no homem nenhum grã-fino da sociedade. Ou a porra-louca da Dalila estaria refugiando um delinqüente famoso? Essa hipótese era mais viável.

— Você já bebeu sua birita, pinica.

Hans afastou Dalila com a suavidade de quem vira a página dum livro e foi plantar-se diante de Juanito. Reconhecendo que errara ao tentar ocultá-lo, Dalila foi para a coxia esperar o que resultava dali. O exame do cinegrafista foi lento. Em dado momento afastou-se um pouco como se apreciasse um quadro numa exposição. Voltou a aproximar-se. Passou dois dedos unidos em sua barba. Deu uma volta completa em torno de Juan e inesperadamente acendeu e apagou a luz geral. Nos poucos segundos em que a luz esteve acesa Dalila quase gritou tanto Juan se pareceu consigo mesmo. Viu Hans reaproximar-se lentamente, curvar-se e quase encostar sua cara na de Juanito. Entrou, voltou-se e olhou Dalila, com o jeito dum médico, que depois dum exame diz à mulher do paciente: "Sinto muito, é câncer". Mas o diabo loiro, já dono do suspense, voltou a encher seu cálice de conhaque ou uísque puro e foi bebê-lo em pequenos sorvos encostado na parede da sala, calmo. Parecia esperar que o retrato de Mona Lisa afinal desse uma gargalhada.

Dalila já julgava que um gato lhe tivesse comido a língua, quando Hans disse, não perguntou:

— Ele está ferido, não?

Agora, sim, Dalila acertou na expressão facial: surpresa e confusão plena.

— Está — confirmou sem saber talvez o que dizia. Mas pôs um caco no papel: — Briga de boate.

Hans, sem reagir à explicação, postou-se diante dela, e um tanto flutuante por causa do bruxulear das velas, disse sem dramaticidade:

— Conheço esse homem.

Dalila segurou-se com as duas mãos num imaginário corrimão:

— Conhece?

— Eu o filmei na Argentina há uns seis anos.

Apesar de toda a encenação já feita, Dalila quis demonstrar ignorância.

— Quem é ele, Hans?

O cinegrafista deu um beliscão gostoso no rosto de Dalila.

— Onde conheceu Juan Perez Lacosta?

Dalila insistiu ainda:

— Não sei quem ele é! Eu o encontrei na rua!

Hans afastou-se de Dalila e, pegando uma das velas, aproximou-se com ela de Lacosta, como se ele fosse uma pedra-da-lua ou a mais recente múmia egípcia descoberta. Dalila, já sentindo a corda no pescoço, quis dar explicações.

— Juro, Hans, que não sei quem ele é! Você disse que é o tal guerrilheiro?

Hans respondeu mas sem deixar de fixar o seu alvo:

— Mano Juan é como marinheiro. Sempre teve uma mulher em cada porto. Apenas ignorava que tivesse uma amante em São Paulo. E que essa amante era você.

— Não sou amante dele, Hans!

— Como lhe ficam bem esses colares no pescoço. Interessante.

— Eu o conheci hoje — afirmou Dalila em tom de juramento, mas logo entendeu que, se continuasse a bater nessa tecla, acabaria envolvendo Batista. Admitia também que se complicara com os malabarismos para dificultar a entrada e permanência de Hans no apartamento. Se de fato não conhecesse Juan não agiria assim. Estava numa de bico.

— Você contou tudo ao pessoalzinho da macumba?

Dalila afundou um pouco mais no pantanal.

— Não contei — disse. — Mas me diga uma coisa — lembrou. — Como sabia que ele está ferido?

— Ouvi o noticiário pelo rádio do carro. Parece que a polícia o confundiu com um traficante e meteu bala. Engraçado, não? Há quinze minutos ouvia falar de Lacosta e agora estou diante dele. É muita coincidência para uma cidade de mais de dez milhões!

Dalila enroscou-se no braço do comprido Hans:

— Hans, você não vai avisar a polícia, não?

O cinegrafista depois de fazer a vela girar em torno do rosto de Juan depositou-a novamente no carpete.

— O que você disse? — perguntou, alheio, com a atenção apenas voltada para Lacosta.

— Perguntei se vai avisar a polícia.

— Não faria isso, Lila! O que eu ganharia?

— Você é muito bacana, Hans.

O alemão foi até a janela, espiou a rua, do alto e depois cerrou bem as cortinas. Acendeu um cigarro frente a frente com Dalila e lhe disse algo que ela não entendeu:

— Você tem um belo pássaro aqui, Lila.

— Será que ele vai ficar bom?

— Não sou médico — informou simplesmente o cinegrafista, não interessado nas condições físicas de Lacosta.

Dalila sentiu que podia virar o jogo já que Hans não avisaria a polícia.

— Quer me fazer um grande favor, querido? Ajude-me a levá-lo para a cama. Ele é muito pesado para mim.

— Não é capaz de andar?

— Depois que tomou um conhaque aterrou.

— Tentou acordá-lo?

— Só não lhe joguei água. Mas morto não está. Vai me ajudar?

Como se não a ouvisse, Hans acendeu a luz geral. Desenhou no ar com os dedos um retângulo pelo qual espiou Lacosta. Afastou um dos abajures. Outro, colocou no chão, esticando o fio até seus pés. Ainda havia uma fresta entre as cortinas. Fechou-as usando com firmeza as duas mãos fazendo as carretilhas chiarem no trilho. Tornou a apagar a geral. A luz do abajur baixo acentuava o tamanho dos fotogênicos pômulos de Juan. Mas não lhe pareceu perfeito. Afastou-se um palmo. Depois, retirou completamente o cone do abajur que deixara sobre o móvel.

— O que está fazendo? — perguntou Dalila.

Hans não respondeu, continuando o paciente trabalho. Procurou uma tomada para ligar a luz do panelão. Uma forte claridade jorrou sobre o rosto de Lacosta.

— Não, não — ele disse entredentes. — Assim seria preciso maquiá-lo. — Ajeitou o panelão. Para ele filmagem era iluminação. Erros de angulação o corte resolve, mas uma cena mal-iluminada não tem jeito mesmo. Preferiu a iluminação indireta. Com a luz batendo na parede o corpo saltava, ganhando dimensões. Aprendera isso com um francês no início da carreira. Luz é química. Não se pode dar uma dose errada de remédio ao doente. Foi para o corredor, na extremidade do ambiente, para ter uma idéia geral da iluminação. Não ficou satisfeito.

— Ao menos uma base temos que passar no rosto dele.

Dalila não entendia nada e tinha receio de entender.

— Vamos levar o artista para cama, Hans. Depois você me filma, se quiser.

Foi a primeira coisa engraçada que se disse ali aquela noite.

— Filmar você?

— E não vai?

— Prefiro filmar Lacosta de sobretudo do que você pelada.

— O que está querendo, filmar Juanito?

O alemão continuava de bom humor:

— Seu Juanito é o melhor ator da América Latina.

— Quer filmar um homem esvaindo em sangue? Quer?

A informação abriu uma brecha no diálogo. Hans ficou sisudo, fazendo mudas considerações. Talvez fosse muito religioso e desistisse da idéia por razões humanitárias. Foi encostar-se à janela, para ver Juan por trás. Ele estava sem paletó e já não muito encostado ao espaldar. Hans viu uma mancha de sangue do tamanho do pulso dum pugilista peso-pesado. Era justamente o que faltava: o *take* inicial, aquele que dramatiza e agarra. E havia na mancha uma coincidência gráfica sensacional. Parecia também o mapa da Bolívia! "O homem que ensangüentou um país." Agradeceu formalmente a Dalila.

— Obrigado por ter falado no sangue.

Partiria da mancha vermelha na camisa branca e iria afastando a câmera. Depois cortaria para um plano americano de Lacosta com a cabeça pendente. Mas enganaria substituindo o *close* esperado por um tiro geral. Então voltaria a focar a mancha na camisa. Assim daria tempo ao narrador. Era inteligente.

— Quer me contar o que vai fazer?

— Conto se for buscar uma base para passar no rosto dele. A pele, com a luz embaixo, fica muito irregular. Vai querer que seu namorado saia feio?

— Mas o que está fazendo? — bradou Dalila já se recuperando pela indignação.

— Lila, querida, estou apenas querendo ganhar dinheiro.

— Ganhar dinheiro? — ela repetiu com asco.

— Mas não só para mim. Afinal você é a dona dele.

— Continuo na mesma — disse Dalila, fincando o pé. — Pra que tudo isso?

— Vou fazer um curta sobre a passagem de Juan Perez Lacosta pelo Brasil — revelou Hans à espera de que ela beijasse seus pés.

— Um filme sobre Juanito? E quem lhe daria dinheiro por ele?

Hans revestiu-se de santa paciência para explicar à imbecil Dalila toda a mecânica comercial dos curtas e das reportagens filmadas para telejornais. Se rodasse um filmeco sobre Mano Juan de cinco minutos, e talvez menos, poderia vendê-lo sem problemas a qualquer circuito cinematográfico e qualquer rede de televisão. E não apenas para o Brasil. Venderia cópias a dezenas de países, venderia como pipoca, e tudo muito depressa porque Juan Perez Lacosta era um dos assuntos do momento. Nenhum circuito ou rede ia querer ficar por fora. Será que a estudante do Mobral ia entender isso?

— É coisa para faturar alguns milhões.

A fileira de zeros não foi suficiente para fazer Dalila dar saltos e urras, como seria natural.

— E se Juanito morrer?

— Melhor ainda.

— Melhor, como?

— Aí o curta vai valer muito mais. Como quando morre um pintor ou escritor. A cotação do que fizeram sobe pras nuvens. Com ele morto poderemos cobrar uma nota violenta pelo documentário — considerou Hans, entusiasmado e gesticulando como um napolitano. Mas como Dalila continuava sem reações acrescentou um oportuno adendo à argumentação: — Foi uma boa você convocar os orixás todos.

Ela fez cara de que não entendia e não era para entender mesmo.

— Uma boa?

— Acho que foram os negrões que me chamaram pra cá. Eu já tinha passado aqui, ia pegar um berço. De repente me deu uma coisa, ouvi vozes, e voltei. Nós fizemos os treze pontos, Lila! Vamos encher o cu de dinheiro!

Nada, nada tirava Dalila de sua apatia.

— Não estou pensando em grana — disse ela.

— Por quê? Existe alguma coisa melhor? — quis saber o alemão.

— Com o curta ou sem o curta eu me estrepo de qualquer maneira.

Hans fez um gesto largo, abriu suas asas de águia para protegê-la.

— Assumo toda a responsabilidade! Todos sabem que não sou político, sou cinegrafista.

— Mas ele vai ser filmado no meu apartamento. Como vamos explicar isso?

Dalila pensava que a pergunta faria Hans cair do burro, mas ele nem balançou:

— Aí entramos com aquela história. Você encontrou Lacosta na rua, a que ia me contando. Supondo que estivesse apenas bêbado, trouxe-o para cá. Mas quando viu que tinha um rombo nas costas, telefonou para mim, e eu, que já o filmara em Buenos Aires, o reconheci logo. E fizemos o curta. Vamos, Lila, vá buscar a base para maquiarmos o artista.

Dalila chegou a dar um passo, mas parou.

— Não posso.

— Por que não pode?

— Não posso entregar ele. Isso é traição, Hans. Nunca dedei ninguém em minha vida.

Desta vez o rebate de Dalila obrigou o cinegrafista a pensar. Como o espectador duma partida de pingue-pongue olhou diversas vezes no mesmo ritmo para ela e para Juan, para ela e para Juan, para ela e para Juan. Sabia que pisava no perigoso terreno sentimental. O homem, que é o pai da espécie, fecharia o negócio sem dependências. Mas a mulher sempre carrega no peito, em forma de coração, um baú abarrotado da mais barata literatura romântica escrita e audiovisual.

— Compreendo — disse Hans, não porque compreendesse realmente, mas para que ela confiasse nele.

— Se pegarem Juanito, levam ele de volta à Bolívia e o fuzilam — repetiu a dramática informação de Batista.

— Isso pode acontecer — concordou o alemão preocupado de araque com o futuro de Lacosta.

— Por isso você não pode rodar o filme.

Hans apertou a mão de Dalila; um contato carnal com as vibrações da sinceridade auxiliaria naquele momento decisivo. Selecionou o tom de voz e falou:

— Você tem toda razão, Lila. Mas nem me passou pela cabeça entregar o Juanito. Tenho sentimento — revelou como se fosse o grande segredo de sua vida. — O que eu pensava era negociar o filme somente depois que ele fosse embora. Antes, não.

Dalila entrou na dele, mas ainda não autorizava.

— Não sei, não, Hans.

Agora só faltava dourar a pílula, dar-lhe a embalagem que convence.

— Com o dinheiro que vai ganhar podia até ser útil ao Juanito. Suponha que ele se esconda em algum lugar e precise de muita grana para se mandar para outro país. Suponha que para onde for, quando sair daqui, tenha que comprar um carro, comprar passagem de avião ou subornar pessoas. Um fugitivo à vezes gasta mais que um milionário.

— Gostaria de fugir com ele — disse Dalila. — Quem sabe, noutro país, pudéssemos começar vida nova.

— Para isso vão precisar de dinheiro.

— Isso é.

— E o dinheiro você vai ter.

Dalila fez uma pergunta para quem entendia de imagem.
– Acha que, se raspar a barba, alguém vai reconhecê-lo?
Hans já estava dentro da área com o goleiro caído.
– Nem eu nem ninguém reconheceria. Mas só com nosso curta o Juanito vai ter dinheiro, Lila, e não fazendo um comercial para a Gillette.

A figurante não tinha mais argumentos, apenas sonhos. Imaginava-se vivendo com Juanito numa cidade pequena, a casa cercada de plantas e arbustos, o céu muito azul, baixo e concreto dos desenhos que as crianças fazem na escola. O lápis de cor de sua fantasia complementava com uma chaminé, uma cerca e um sol com raios garranchados, objetos multicores de sua primitivista criatividade.

– Posso começar? – indagou o profissional.
– Mas você não vende antes que ele se cure?
– Deixo o rolo com você, se quiser. Vá buscar a base.

Hans deu mais uma examinada na iluminação. Teve que acender a geral porque começaria pelo *take* da mancha de sangue. Acendeu e foi para junto da janela com a câmera. Diligentemente ajustou o foco. Observou que a mancha de sangue espraiara-se mais. Afastou um pouco o corpo de Lacosta do espaldar da poltrona e apertou o gatilho da máquina. Dalila voltava com o pote de base quando ouviu o zunido da câmera. Foi para o corredor para um *long shoot*, mas não acertou de primeira. Ia para o plano americano em *zoom*; fez sinal para a assistente começar o trabalho. Enquanto ela espalhava a base no rosto de Juan, o cinegrafista voltava a regular o foco. Depois que Dalila terminou o serviço, apagou a geral e disparou a câmera. Aí teve uma idéia: filmar primeiro um perfil, depois outro. Precisou apenas mudar duas vezes a posição do refletor. Em seguida, deitou-se no carpete para filmar Juan com o queixo imenso e o rosto sombreado. Não comentou, mas gostou do *take*. Levantou-se e casualmente tocou no cinzeiro quando lhe ocorreu algo jocoso capaz dum efeito surpreendente. Pegou um dos charutos usados, o que estava menos queimado, e aproximou-se de Lacosta. Empurrou-lhe o corpo fazendo sua cabeça pender para trás. E depois duma piscada para Dalila, enfiou-lhe o charuto na boca. Daria um bom texto para o redator. Com receio de que o charuto caísse, filmou bem depressa. Quando o charuto escorreu, como esperava, já tinha logrado a cena. Com a câmera na altura do estômago encostou-se na parede, apertou o gatilho e foi se aproximando. Inesperadamente Lacosta moveu a cabeça alguns centímetros para a direita. Ótimo! A imobilidade total de Juan prejudicava o charme do filme. Seria bom se ele colaborasse fazendo novos movimentos com a cabeça. Precisava mostrar que o guerrilheiro ainda estava vivo quando o curta foi rodado. Chegou a dois palmos da cara dele, com a câmera assestada, e assoprou. O jato de ar apenas levantou alguns cabelos de Juan, não mexeu a cabeça. Hans decidiu ousar mais: passou os dedos no rosto dele com o toque diluído duma teia-de-aranha. Deu resultado, Lacosta moveu a cabeça, mas quando Hans ia disparar o gatilho, já se imobilizara. Olhou sobre a mesa onde viu uma folha de papel. Pegou-o e improvisou um pequeno canudo. A idéia era que Dalila fizesse cócegas em seu rosto. Quando Lacosta movesse, agitasse ou sacudisse a cabeça, Hans filmaria. Dalila, embora constrangida, aceitou a incumbência. Passou a ponta do canudo sobre os lábios de Juan. Deu o resultado previsto. Lacosta arregaçou os lábios e fugiu com a cabeça como se uma mosca o incomodasse.

 Hans completou o *take* e parou para imaginar outra coisa, levando a mão à cabeça. Decidiu subir numa poltrona e saltar para a mesa, improvisando uma grua. Era o máximo que um bom profissional podia fazer com um homem sentado e imóvel. Com inserções de fotografias, da fachada do edifício e detalhes do living já teria no mínimo um minuto e meio. Soubera espichar mas precisava de muito mais.

— Aqui fiz tudo que pude — disse Hans.
— Então me ajude a levar ele para o quarto.
— Lá posso fazer outras tomadas, assim muda o ambiente.

Os dois foram tentar erguer Lacosta pela cintura, mas no primeiro esforço tiveram um surpresa: Juan abriu os olhos. Parecia não enxergar, mas estava com os olhos bem abertos. Hans correu e pegou a câmera. Focou rapidamente, fazendo depois sinal para Dalila sair da frente.

Ela saiu, mas pronunciou seu nome como um gemido:
— Juanito...

Juan olhou para ela. Baixou o olhar para as velas. Foi retomando lento contato com a sala. A respiração normalizava-se. Parecia estar suando menos. Não era mais o moribundo, mas um homem ali sentado, quase tão vivo como o que vira o noticiário pela televisão.

Dalila sorriu para ele com muita alegria, embora não correspondesse.

— Chame-o outra vez — ordenou Hans.
— Juanito... — ela repetiu.

Hans apertou o gatilho e filmou com calma e segurança, enquanto Juan olhava-a. Apanhou uma imagem bem viva e convincente. Lá estava o perigoso Juan Perez Lacosta, o santificado Mano Juan, para alguns, no confortável apartamento da amante. A tomada seguinte partia dela e ia para ele.

— Beije-o — disse Hans. — Vamos, Lila, lasque um beijo nele.

Dalila não sabia que ia aparecer no filme. Mesmo assim saindo de seu lugar deu um beijo na testa de Juan.

— Na testa, não. Na boca — corrigiu o profissional.
— Na boca, Hans?
— Um beijo chupado, com muita paixão. Faça uma cena.

Juan descobriu a presença de Hans, e levantou-se como o dono da casa que vai receber um visitante.

— Assim — quase gritou Hans. — De pé. Veja se consegue andar, muchacho. Um passo pra frente. Você é valente, não? Então ande.

Venha na minha direção – orientava como se falasse a um paraplégico em exercícios funcionais. – Mais um passinho, vamos...

Juan deu mais um passo, obediente, mas ao ouvir o chiado da câmera sua fisionomia alterou-se completamente. O moribundo, desprotegido, não estava mais ali. Seus olhos disparavam chispas e seus traços ficaram duros e másculos.

O cinegrafista, filmando, não percebia as transformações do Dr. Jekyll. Mas Dalila percebeu que algo estranho se passava com Juan. Era o homem que levara ao orgasmo, sentada sobre ele, na casa de Loureiro. O amor e o ódio tinham para ele a mesma cara. Mas não fez nenhum movimento nem preveniu Hans de sua rápida aproximação.

Lacosta pegou com as duas mãos a câmera de Hans, que recuou até bater com o corpo na parede, onde ficou, paralisado. O resto aconteceu muito rapidamente. Uma vela foi esmagada e outra chutada com vigor. Como um orangotango assustado, Juan deu um tapa no refletor, derrubando-o. E sem largar a câmera, na quase escuridão que se fez, seguiu até a janela, parecendo querer arrancar as cortinas com súbita e atabalhoada fúria. Dalila gritou enquanto Hans, rompendo sua imobilidade, saltava sobre Lacosta para arrebatar-lhe a câmera. Chegou tarde. Juan já a tinha atirado na rua do décimo segundo andar. O paff foi ouvido no segundo seguinte.

Hans debruçou-se na janela, desarvorado.

– Ele destruiu minha câmera!

Desespero justificado. Quem era Hans sem sua câmera? Talvez com receio de que ele se atirasse pela janela, vendo perdida sua obra-prima, Dalila volteou-o com seu braço dizendo palavras vãs de consolo. Quando ela voltou os olhos para a sala, gritou:

– Juanito!

Não estava na sala. Deixando o cinegrafista com a dor de seu prejuízo, Dalila foi procurar Juan no interior do apartamento. Talvez tivesse ido se deitar. Mas não estava no quarto nem no banheiro. Retornou à sala com uma suspeita.

– Você viu ele sair, Hans?

O Orson Welles estava se lixando pelo destino de Juan. Dalila abriu a porta e correu para o elevador. O único que funcionava àquela hora chegava ao térreo. Pôs-se a apertar desesperadamente o botão de chamada: Juanito tinha escapado e precisava trazê-lo de volta ao apartamento. A impaciência prolongou a espera. Quando o elevador chegou, Dalila precipitou-se dentro dele apertando o térreo. Mas logo algo lhe chamou a atenção: sangue, sangue aqui, lá, no chão e até no painel. Em todo lugar em que ele se encostara. Devia estar com hemorragia!

Dalila saiu do elevador como uma bala. Na porta do edifício viu a rua coberta de neblina. Olhou dum lado e de outro: não enxergava nem vultos. Teve vontade de chorar mas não era uma solução. Hesitava, no entanto, entre procurar Juanito ou entregá-lo a seu destino.

Um carro brecou diante do edifício e um passageiro da neblina surgiu diante dela.

– Dalila, o que faz aqui?

Era Batista.

Dalila atirou-se nos braços dele como se fosse um marido arrependido que retornava.

– Que sorte você ter voltado!

– A polícia já sabe que ele é Juan Perez Lacosta – disse Batista. – Soube disso aí num inferninho.

– Ele fugiu – contou Dalila. – Mas não sei pra que lado foi.

– Fugiu? Por quê?

– Por causa de Hans. Arrancou a câmera de Hans, jogou-a na rua e pegou o elevador. Vamos atrás dele no seu carro.

Batista abraçou-a para transmitir melhor sua ponderação:

– Lila, agora que a polícia sabe quem ele é a coisa é muito mais séria.

– Mas ele está sangrando, Babá. Precisa ver como está o elevador.

— Deixe-o ir. Já fizemos muito por ele.

— Está bem, se não quiser, vou sozinha. Nem se for para interná-lo num hospital.

Batista sentiu que mais uma vez ela estava decidida.

— Está bem, entre no carro.

Os dois entraram no Corcel justamente no momento em que Hans, falando sozinho, deixava o edifício.

4h05

Com toda a energia ou tudo que restava dela, Mano Juan foi caminhando rente à parede por uma rua de altos edifícios e estabelecimentos comerciais com suas portas fechadas. O ar frio da madrugada, agindo sobre a camisa toda molhada de suor, estimulava-o. Na infância, adorava o frio e gostava de sair de peito nu pelos campos. Não sentia nem dores nem queimação nas costas, mas os músculos pareciam ocos como bambus e o corpo tinha a leveza dum ectoplasma. Atravessou a rua numa esquina como se condenado a andar em linha reta. Protegido pela neblina não sofria temor algum, mesmo porque a fraqueza não lhe permitiria criar angústias. Passou por um bar aberto sem olhar para seu interior. Alguns carros circulavam morosamente pela rua, mas não lhe despertavam receio ou interesse. O que fazia simplesmente era andar. Ia rompendo a massa branca da neblina com uma vaga sensação de liberdade. O presente, a cada quarteirão, ficava para trás. Nem os colares coloridos da umbanda o lembravam os acontecimentos das últimas horas. Caminhava um tanto curvado, com ação de equilíbrio nos braços, porém ainda tinha forças. Um grande ímã o atraía para a frente. Uma fração de sorriso parecia sugerir que se dirigia a um lugar determinado. Apressou o passo e na pressa que o empolgava ultrapassou alguém. O esforço não lhe pesava, pelo contrário, deixava-o mais leve. Mais além, sem sons nem pessoas, viu uma pequena praça, com pouca vegetação e alguns sólidos e rústicos bancos de pedra. A pressa perdeu o sentido e com prazer pisou aquele chão. Teve a impressão de ver um coreto e quiosques, mas podia ser imaginação. No entanto, sentia estar ali o que procurava. Olhou ao redor numa expectativa conseqüente da certeza. Encostados à guia da calçada alinhavam-se uma jamanta, um carro-pipa da prefeitura e uma camioneta. Reconheceu-a à distância. Era ela. Tinham-na deixado ali para lhe facilitar a fuga. Olhou. As chaves estavam no contato. A velha camioneta de seu tio na qual aprendera a dirigir. Entrou aspirando no veículo o cheiro bom de antigamente. Não teve dificuldade em colocá-lo em movimento. Era-lhe ainda familiar o jogo solto das marchas. Seus irmãos menores gostavam de vê-lo trocá-las sem pisar na embreagem. É que conhecia o motor com todos os seus ruídos e manhas.

Seguiu por uma rua comprida, dirigindo já com a camisa seca e sem o contato do curativo. Era uma rua curiosa feita de pedaços de muitas outras que conhecia. Ruas da infância, principalmente de Rosário e Buenos Aires. Ruas de sua juventude. Ruas que percorrera com seus livros de estudo. Ruas de Santiago, Assunção, La Paz, Lima, Caracas, pelas quais levara livros, folhetos e granadas. Ruas de Havana com as pessoas nas janelas acenando enquanto papéis picados choviam do alto dos edifícios. A rua onde se escondera na casa de Martin, em Pedro Juan Caballero, ou simplesmente casas, alheias à urbanização de sua memória. Uma rua em que hora era dia hora era noite, e que variava também de temperatura e trânsito.

E foi assim que conduzindo ou conduzido pela camioneta aspirou um ar vegetal mais puro, quando a rua se afunilou numa vereda de árvores copadas, todas numa cor irreal, mas bela e próxima. Olhando pela janela do veículo não viu mais a noite. O carro perdeu o impulso e lentamente foi parando diante dum casarão. Leu uma velha tabuleta: Estância Esperança. Sem o menor cansaço da viagem, saiu da camioneta, a passos lerdos embora o aguardassem.

A porta do casarão estava apenas encostada. Foi penetrando sem curiosidade ou cerimônia. Já estivera em outras construções normandas como aquela. Ouviu o som dum piano tocando um *slow* que fora um dos prediletos de sua juventude. Fora o primeiro disco comprado em sua vida para ouvir no arqueológico gramofone do tio.

Estava agora diante duma ampla sala de refeições revestida dum papel de parede com desenhos deliciosamente ingênuos. Os móveis eram pesados, escuros e entalhados. Já abrira muitas vezes aquelas gavetas com seus puxadores dourados. Pisou um familiar tapete de meia e então viu a moça, ao piano, tocando mais para preencher a espera. Ela mal ergueu a cabeça e não denotou surpresa porque sua chegada era certa, embora nunca se tivessem visto antes. Vestia-se de branco, como na fotografia, duma beleza caseira, sem artifícios ou apelos. O recém-chegado foi se aproximando dela como se deslizasse sobre rodas e intimamente recostou-se no piano, logo integrado à grande paz do ambiente. Um cheiro bom de pão fresco chegava até eles, que ambos receberam com sorriso. "Eu sou Juan Perez Lacosta", disse. "Alguns me chamam de Mano Juan."

A neblina dificultava a procura. Batista dirigia o carro em torno do quarteirão enquanto Dalila olhava angustiada para a calçada. Um engano fez Batista brecar o carro. Quem lhes parecera Juan era um ébrio encostado a um árvore. Voltaram ao Corcel, ela ainda mais aflita.

— Ele não podia ter ido tão longe!
— Você não viu para que lado foi?
— Não vi, não vi.

A esperança de Batista era de que desistisse da procura, mas Dalila continuava atenta à janela, agora olhando dum lado e de outro.

— Não tem ninguém nesta rua.
— Será que se escondeu em algum lugar?

— Pode ser — admitiu Batista. — Há um bar perto da esquina. Vamos dar uma olhada.

O jornalista dirigiu até o bar, mas quem desceu foi Dalila, que deu uma espiada da porta. Voltou desanimada.

— Não está. Vamos em frente.

— Para onde?

— Não sei, vá tocando.

— Ele pode ter apanhado um ônibus — supôs Batista movimentando o carro.

— Juan saiu sem o dinheiro. Está sem paletó.

Batista dirigia como se cumprisse uma obrigação, mas vagamente ainda tinha esperanças de possuir Dalila naquele resto desastrado de noite. Acreditava ter gás para isso. Não sugeria mais nada. Virava para cá, para lá, obedecendo aos comandos dela como simples motorista.

— Acho que o perdemos — murmurou Dalila.

— Podemos voltar?

— Ainda não. Vá até a praça.

— Perdendo sangue ele iria tão longe?

— Se não estiver na praça a gente volta.

Batista pisou o acelerador certo de que aquela era a última etapa da procura, subitamente preocupado em ver seu nome envolvido naquela história, caso a polícia prendesse Lacosta e o obrigasse a falar. Um homem atravessou a rua diante do carro. Se fosse Juan, e Dalila não estivesse a seu lado, não vacilaria em atropelá-lo.

Chegaram à praça. Batista lançou um olhar e não viu ninguém, mas Dalila, olhando entre uma jamanta e um carro-pipa, estacionados, gritou:

— Ele está lá!

— Onde?

— No banco.

Dalila desceu do carro antes e correu, contornando a jamanta. Mas, ao aproximar-se do banco, quase parou, dando tempo a que Batista a alcançasse e lhe segurasse a mão. Pararam por um instante e depois ela aproximou-se mais. Batista olhava longamente ao redor com receio de alguma radiopatrulha da polícia.

Juan estava sentado no banco de pedra com a cabeça pendente, as pernas esticadas, os braços colados ao corpo. Apesar da posição da cabeça, via-se que estava com a boca aberta, mas imóvel.

Curvando-se sobre ele, Dalila chamou:

– Juanito! Juanito, sou eu! – Mas lhe faltava coragem para tocá-lo e com um olhar aflito implorou a Batista que o fizesse.

Batista não gostava de tocar a morte com os dedos. Olhou por trás a camisa de Juan e o que viu foi uma só mancha vermelha. Havia também sangue na parte traseira da calça e no banco.

– Que sangueira! Deve estar morto – disse.

– Quero ter certeza – decidiu Dalila, mas foi Batista, para apressar tudo, quem levou a mão ao pulso e ao coração de Juan. Nenhum médico concluiria tão depressa:

– Está morto. Vamos cair fora.

Dalila começou a chorar baixinho, repetindo o nome dele.

– Juanito, Juanito...

Batista viu um carro passar e pensou outra vez na polícia.

– Vamos, Lila! É bom que não nos vejam aqui.

O que menos preocupava Dalila era sua segurança.

– Vamos deixá-lo aqui, sozinho?

– No que está pensando? Em fazer um funeral com todas as honras?

Dalila perdeu o medo do contato com a morte e acariciou os cabelos de Juanito. Passou-lhe a mão no rosto. Tocou em suas mãos. Debruçou-se mais para beijá-lo.

O jornalista ficou insuportavelmente irritado.

– Lila, o homem já morreu, agora está tudo acabado.

– Vá embora você, eu fico com ele – disse Dalila na maior inconsciência.

Com o olho na própria pele, Batista pegou Dalila pelo braço e começou a puxá-la e a empurrá-la com toda a força, força bruta, na direção do carro, sem ouvir os seus protestos. Abriu a porta num tranco ruidoso. Ia atirá-la para o interior do Corcel, quando ela teve tempo de lamentar:

— Ele vai ficar aí, nesse frio?

— Vou buscar um cobertor — disse Batista antes do arremesso. Quando Dalila caiu no banco ele contornou o carro, numa carreira, e deu a partida como para garantir a *pole-position*. Isso tudo merecia um bom respiro. Não era de ferro: respirou na forma clássica.

Dalila, com o carro em movimento, girava a cabeça para ver seu Juanito ainda mais uma vez. E de fato viu uma mancha mais sólida e escura no meio da neblina.

— Esquecemos uma coisa — disse ela, assustando Batista.

— O quê?

— Os colares.

Batista soltou um sorriso do tamanho da curva da praça, que fez para entrar numa avenida.

— Os biógrafos materialistas de Juan Perez Lacosta vão quebrar a cabeça para explicá-los.

Dalila não entendeu e fez o último esforço, agora inútil, para rever o corpo de Juan. Depois, forçou um pouco as lágrimas, mas elas não vieram.

— Quem será que vai encontrar ele? — perguntou.

— Vamos saber o resto da história amanhã pelos jornais.

— Nunca desejei tanto um drinque — disse Dalila, afundada no banco e passando a língua nos lábios secos.

Batista antegozou o final feliz daquela novela noturna. O álcool dilui tudo e induz ao perdão. Como a vida continua ela lembraria das fotos e do honesto pagamento. Embora estivessem fisicamente desgastados não ficariam olhando um para o outro. Ao estacionar o carro diante do edifício onde ela morava, perguntou aereamente:

— Afinal, por que Hans queria filmá-lo?

— Para vender um curta à televisão e aos circuitos de cinema. Disse que o mundo todo ia querer e que renderia muitos milhões de cruzeiros.

— Mas ele chegou a filmar alguma coisa?

— Filmou muitas cenas. Filmou até quando Juanito lhe arrancou a câmera e a atirou pela janela.

Batista ficou curtindo um silêncio inteligente, como alguém que mastigasse uma fruta rara cujo sabor teimasse em descobrir. Depois, fez correr os olhos sobre o asfalto à sua frente e ao lado. Algo brilhava no meio da rua.

— Já volto — disse.

Dalila viu Batista abaixar-se para pegar alguma coisa e em seguida olhar para o alto do edifício como se fizesse cálculos. Saiu do carro e aproximou-se dele.

— O que está procurando? — perguntou.

— A câmera — respondeu, mostrando uma peça que segurava na mão.

— Mas ela deve estar espatifada, benzinho.

O silêncio inteligente de Batista gerou um sorriso sábio.

— A câmera certamente está perdida — disse. — Por isso o bobo do Hans foi embora. Mas o filme, o filme dentro dela, não está.

Dalila, querendo esquecer tudo que acontecera, e reconhecendo que Batista afinal merecia o seu prêmio, depois de tanta angústia, abraçou-o, carinhosa, dizendo:

— Vamos subir, queridinho. Depois dum drinque a gente vai naná, falei?

Batista afastou-a sem rudeza mas com certo nojo.

— Tenho coisa mais importante a fazer — grunhiu, baixando-se à procura da lâmpada de Aladim. Hans teria voltado? Teria?

Dalila fez aquela de açucareiro, mãos na cintura, ofendida, em baixo-astral.

— Se não vem, vou dormir sozinha — ameaçou, vendo todo seu charme na lata do lixo. E como ele ainda continuasse, no garimpo, catando peças fragmentadas da câmera, próximo, talvez, da grande rocha móvel dos ladrões de Ali Babá, Dalila entrou no edifício batendo a porta com a secura dum ponto final.

Batista não ouviu nem sentiu. Nem podia porque justamente naquele momento via o corpo da câmera junto ao pé duma caixa dos Correios. Dando graças a Deus, ergueu-a e sacudiu-a. Não deu outra: o ploc-ploc informava que o rolo da crucificação ainda estava lá dentro.

São Paulo, 14 de junho de 1978

Bibliografia

Livros

Contos, Novelas e Romances

- *Ferradura dá sorte?* (romance), Edaglit, 1963 [republicado como *A última corrida*, Ática, São Paulo, 1982].
- *Um gato no triângulo* (novela), Saraiva, São Paulo, 1953.
- *Café na cama* (romance), Autores Reunidos, São Paulo, 1960; Companhia das Letras, São Paulo, 2004.
- *Entre sem bater* (romance), Autores Reunidos, São Paulo, 1961.
- *Enterro da cafetina* (contos), Civilização Brasileira, Rio de Janeiro, 1967; Global, São Paulo, 2005.
- *Soy loco por ti, América!* (contos), L&PM, Porto Alegre, 1978; Global, São Paulo, 2005.
- *Memórias de um gigolô* (romance), Senzala, São Paulo, 1968; Companhia ds Letras, São Paulo, 2003.
- *O pêndulo da noite* (contos), Civilização Brasileira, Rio de Janeiro, 1977; Global, São Paulo, 2005.
- *Ópera de sabão* (romance), L&PM, Porto Alegre, 1979; Companhia das Letras, São Paulo, 2003.
- *Malditos paulistas* (romance), Ática, São Paulo, 1980; Companhia das Letras, São Paulo, 2003.
- *A arca dos marechais* (romance), Ática, São Paulo, 1985.
- *Essa noite ou nunca* (romance), Ática, São Paulo, 1988.

- *A sensação de setembro* (romance), Ática, São Paulo, 1989.
- *O último mamífero do Martinelli* (novela), Ática, São Paulo, 1995.
- *Os crimes do olho-de-boi* (romance), Ática, São Paulo, 1995.
- *Fantoches!* (novela), Ática, São Paulo, 1998.
- *Melhores Contos Marcos Rey* (contos), 2. ed., Global, São Paulo, 2001.
- *Melhores Crônicas Marcos Rey* (crônicas), Global, São Paulo, prelo.
- *O cão da meia-noite* (contos), Global, São Paulo, 2005.
- *Mano Juan* (romance), Global, São Paulo, 2005.

Infanto-juvenis

- *Não era uma vez*, Scritta, São Paulo, 1980.
- *O mistério do cinco estrelas*, Ática, São Paulo, 1981; Global, São Paulo, 2005.
- *O rapto do garoto de ouro*, Ática, São Paulo, 1982; Global, São Paulo, 2005.
- *Um cadáver ouve rádio*, Ática, São Paulo, 1983.
- *Sozinha no mundo*, Ática, São Paulo, 1984; Global, São Paulo, prelo.
- *Dinheiro do céu*, Ática, São Paulo, 1985; Global, São Paulo, 2005.
- *Enigma na televisão*, Ática, São Paulo, 1986; Global, São Paulo, prelo.
- *Bem-vindos ao Rio*, Ática, São Paulo, 1987; Global, São Paulo, prelo.
- *Garra de campeão*, Ática, São Paulo, 1988.
- *Corrida infernal*, Ática, São Paulo, 1989.
- *Quem manda já morreu*, Ática, São Paulo, 1990.
- *Na rota do perigo*, Ática, São Paulo, 1992, Global, São Paulo, prelo.
- *Um rosto no computador*, Ática, São Paulo, 1993.
- *24 horas de terror*, Ática, São Paulo, 1994, Global, São Paulo, prelo.
- *O diabo no porta-malas*, Ática, São Paulo, 1995, Global, São Paulo, prelo.
- *Gincana da morte*, Ática, São Paulo, 1997.

Outros Títulos

- *Habitação* (divulgação), Donato Editora, 1961.
- *Os maiores crimes da história* (divulgação), Cultrix, São Paulo, 1967.
- *Proclamação da República* (paradidático), Ática, São Paulo, 1988.
- *O roteirista profissional* (ensaio), Ática, São Paulo, 1994.
- *Brasil, os fascinantes anos 20* (paradidático), Ática, São Paulo, 1994.
- *O coração roubado* (crônicas), Ática, São Paulo, 1996.
- *O caso do filho do encadernador* (autobiografia), Atual, São Paulo, 1997.
- *Muito prazer, livro* (divulgação), obra póstuma inacabada, Ática, São Paulo, 2002.

Televisão

Série Infantil

- *O sítio do picapau amarelo* (com Geraldo Casé, Wilson Rocha e Sylvan Paezzo), TV Globo, 1978-1985.

Minisséries

- *Os tigres,* TV Excelsior, 1968.
- *Memórias de um gigolô* (com Walter George Durst), TV Globo, 1985.

Novelas

- *O grande segredo,* TV Excelsior, 1967.
- *Super plá* (com Bráulio Pedroso), TV Tupi, 1969-1970.
- *Mais forte que o ódio,* TV Excelsior, 1970.
- *O signo da esperança,* TV Tupi, 1972.
- *O príncipe e o mendigo,* TV Record, 1972.

- *Cuca legal,* TV Globo, 1975.
- *A moreninha,* TV Globo, 1975-1976.
- *Tchan! A grande sacada,* TV Tupi, 1976-1977.

Cinema

Filmes Baseados em seus Livros e Peças

- *Memórias de um gigolô,* 1970, direção de Alberto Pieralisi.
- *O enterro da cafetina,* 1971, direção de Alberto Pieralisi.
- *Café na cama,* 1973, direção de Alberto Pieralisi.
- *Patty, a mulher proibida* (baseado no conto "Mustang cor-de-sangue"), 1979, direção de Luiz Gonzaga dos Santos.
- *O quarto da viúva* (baseado na peça *A próxima vítima*), 1976, direção de Sebastião de Souza.
- *Ainda agarro esta vizinha* (baseado na peça *Living e w.c.*), 1974, direção de Pedro Rovai.
- *Sedução,* Fauze Mansur.

Teatro

- *Eva,* 1942.
- *A próxima vítima,* 1967.
- *Living e w.c.,* 1972.
- *Os parceiros (Faça uma cara inteligente e depois pode voltar ao normal),* 1977.
- *A noite mais quente do ano* (inédita).

Biografia

Marcos Rey, pseudônimo de Edmundo Donato, nasceu em São Paulo, 1925, cidade que sempre foi o cenário de seus contos e romances. Estreou em 1953 com a novela *Um gato no triângulo*. Apenas sete anos depois publicaria o romance *Café na cama*, um dos *best-sellers* dos anos 60. Seguiram-se *Entre sem bater, O enterro da cafetina, Memórias de um gigolô, Ópera de sabão, A arca dos marechais, O último mamífero do Martinelli* e outros. Teve inúmeros romances adaptados para o cinema e traduzidos. *Memórias de um gigolô* fez sucesso em inúmeros países, notadamente na Alemanha, e foi também filme e minissérie da TV Globo. Marcos venceu duas vezes o prêmio Jabuti; em 1995, recebeu o Troféu Juca Pato, como o Intelectual do Ano, e ocupava, desde 1986, a cadeira 17 da Academia Paulista de Letras.

Depois de trabalhar muitos anos na TV, onde escreveu novelas para a Excelsior, Globo, Tupi e Record e de redigir 32 roteiros cinematográficos, experiência relatada em seu livro *O roteirista profissional*, a partir de 1980 passou a se dedicar também à literatura juvenil, tendo publicado quinze romances do gênero. Desde então, como poucos escritores neste país, viveu exclusivamente das letras. Assinou crônicas na revista *Veja São Paulo*, durante oito anos, parte delas reunidas num livro, *O coração roubado*.

Marcos Rey escreveu a peça *A próxima vítima*, encenada em 1967, pela Companhia de Maria Della Costa; *Os parceiros (Faça uma cara inteligente, depois volte ao normal)*, e *A noite mais quente do ano*. Suas últimas publicações foram *O caso do filho do encadernador*, autobiografia destinada à juventude, e *Fantoches!*, romance.

Marcos Rey faleceu em São Paulo em abril de 1999.

Impresso nas oficinas da
Gráfica Palas Athena